7

요마전설 7

초판 1쇄 인쇄 / 2015년 6월 4일
초판 1쇄 발행 / 2015년 6월 11일

지은이 / 김남재

발행인 / 오영배
책임편집 / 편집부
펴낸 곳 / (주)삼양출판사 · 드림북스

주소 / 서울시 강북구 도봉로 173
대표 전화 / 02-980-2112 팩스 / 02-983-0660
편집부 전화 / 02-980-2116 팩스 / 02-983-8201
블로그 / blog.naver.com/dreambookss

등록번호 / 제9-00046호
등록일자 / 1999년 3월 11일

ⓒ 김남재, 2015

값 8,000원

(주)삼양출판사 · 드림북스의 서면 허락 없이는 어떠한
형태나 수단으로도 이 책의 내용을 이용하지 못합니다.

ISBN 979-11-313-0259-0 (04810) / 979-11-313-0169-2 (세트)

* 지은이와 협의하에 인지는 생략합니다.
* 잘못된 책은 구입한 곳에서 바꾸어 드립니다.

이 도서의 국립중앙도서관 출판시도서목록(CIP)은 서지정보유통지원시스템홈페이지
(http://seoji.nl.go.kr)와 국가자료공동목록시스템(http://www.nl.go.kr/kolisnet)에서
이용하실 수 있습니다. (CIP제어번호: 2015014954)

ORIENTAL FANTASY STORY & ADVENTURE
요도 김남재 신무협 장편소설

요마전설

妖魔傳説

7

★
dream
books
드림북스

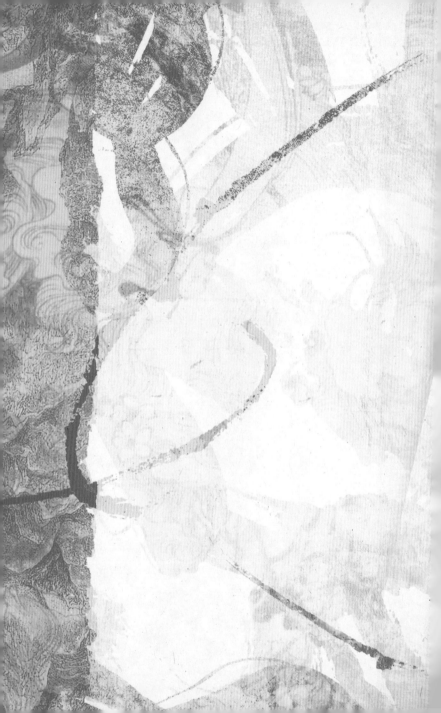

목 차

제1장. 분개
— 누굴 건드린 것이냐

노인은 여유가 있었다.

그가 이끄는 강시군단은 건재했고, 목표했던 월하린의 목숨도 거의 손에 넣었다. 그녀를 지키던 아운이 떨어지는 검의 비에 관통당해 쓰러지며, 이 지겨운 싸움도 마무리되는 듯했다.

노인이 웃으며 담장에서 일어서던 중이었다.

찌지지직!

뭔가가 찢어발겨지는 소리에 노인이 고개를 돌렸을 때였다. 주변을 뒤덮고 있던 세상이 변해 가고 있었다. 진법 속의 세상이 빠른 속도로 무너져 내렸다.

"이건?"

놀란 듯이 중얼거리는 순간이었다.

째애앵!

허공이 찢어발겨지듯이 일그러졌다. 그리고 그곳을 통해 진법의 안과 밖이 하나로 이어졌다. 동시에 세상이 무너졌다.

하늘이 떨어져 내렸고, 땅이 흔들렸다.

그렇게 진법이 깨어졌다.

"월하린!"

진법을 깨 버린 백발 사내의 외침.

아니! 사내가 아니다. 그의 모습을 보는 순간 노인의 얼굴색이 변했다. 새하얀 백발을 길게 휘날리는 그자의 모습 때문이다. 길게 자라난 손톱과 이빨, 그리고 몸을 뒤덮는 갈기와도 같은 무늬들.

그것이 전부가 아니었다.

놈에게서는 인간의 것이 아닌 것만 같은 기운이 넘쳐흘렀다. 사나운 맹수에게서 뿜어 나올 것만 같은 순수한 살기 그 자체가.

강시를 만들며 인간 외의 존재에 익숙한 노인의 손이 떨려 왔다.

'저놈…… 위험하다!'

노인은 직감했다.

위험함이 머리를 울리는 순간 노인은 곧바로 강시들에게 명령을 내렸다.

"죽여!"

*   *   *

백호의 손톱에 의해 진법이 산산이 부서졌다.

그렇게 진법 안의 세상이 마침내 원래의 세상과 하나가 되었을 때다. 백호는 자신의 눈에 모습을 드러낸 월하린과 아운의 모습에 깊은 분노를 토해 냈다.

"월하린!"

백호의 외침에 월하린의 시선이 그에게로 향했다. 그리고 그곳에 서 있는 백호의 모습을 확인한 순간 월하린의 얼굴에 많은 감정이 스쳐 갔다.

처음에는 백호가 무사하다는 안도감이 들었다.

허나 그녀는 이내 깜짝 놀라고 말았다. 백호가 요괴로 변해 있는 탓이었다. 요괴로 변해 있는 백호를 보는 순간 월하린의 마음은 복잡해졌다.

이곳에는 자신뿐만이 아니라 전우신과 아운도 있기 때문이었다.

월하린이 그런 백호의 모습에 놀란 듯 시선을 고정하고 있을 때였다. 그녀의 귀로 노인의 목소리가 들려왔다.

"죽여!"

그 외침에 월하린은 퍼뜩 정신을 차렸다.

지금은 이렇게 넋을 놓고 있을 상황이 아니었다.

그녀가 황급히 소리쳤다.

"백호! 아운 소협이……."

그녀가 아운을 부둥켜안은 채로 소리쳤다. 그 말에 여태까지 멍하니 백호를 바라보던 전우신의 눈빛도 달라졌다.

등에 수십 개의 검이 틀어박힌 채로 축 늘어져 있는 아운을 보는 순간 전우신의 두 눈에서도 불꽃이 일었다.

"아운!"

"……여, 왔냐?"

그 와중에도 손을 들며 실실 웃어 대는 아운을 보는 순간 전우신의 표정이 딱딱하게 굳었다. 전우신이 백호를 향해 다급하게 말했다.

"백호님 아운이 크게 다친 것 같습니다. 서두르지 않으면……."

"알아!"

백호가 버럭 소리치며 빠르게 주변을 살폈다. 다가오는 강시들과 마주 선 백호는 이들에게서 생기가 느껴지지 않는 걸 단번에 알아차렸다.

"크르릉."

백호가 작게 울음소리를 토해 냈다.

당장에 월하린에게 가려 했지만 그들 사이를 막고 있는 이 적지 않은 숫자의 방해물들이 문젯거리였다. 백호가 화가 나는 듯이 선두에 있는 강시를 향해 걸음을 옮겼다.

"귀찮게 하지 말고 꺼져!"

외침과 함께 백호가 움직였다.

부웅!

백호의 손톱이 빠르게 가슴을 베고 지나갔다. 일격에 놈을 죽였다 생각하며 스쳐 지나가려 하던 백호는 이내 놀라운 일을 겪어야만 했다. 죽었어야 할 부상을 입혔음에도 불구하고 공격을 받았던 자가 백호를 향해 그대로 손을 휘두른 것이다.

예상치 못했던 공격이 백호의 안면을 후려쳤다.

쩌엉!

그대로 일격을 허용하며 백호의 얼굴에서 피가 터져 나갔다. 휙 하고 돌아갔던 백호의 머리가 천천히 옆으로 돌아섰다.

차갑게 식은 백호의 눈동자가 강시를 내려다봤다.

"이 새끼가……."

휘익!

강시의 공격이 재차 이어졌다. 그렇지만 이미 한번 당했던 직후다. 다시 그런 공격에 당할 백호가 아니었다. 완벽하게 움직임을 파악한 백호가 물 흐르듯 옆으로 움직이며 손을 피해 냈다.

강시의 존재를 모르는 백호였기에 그는 지금 자신의 공격을 당하고도 살아 있는 이들에 대해 잘 알지 못했다.

그 순간 월하린이 소리쳤다.

"머리가 약점이에요!"

"머리?"

백호가 곧바로 상대의 머리를 후려쳤다.

퍼억!

일격을 허용한 강시는 곧바로 뒤로 나자빠졌고, 그대로 움직임이 멎어 들었다. 가볍게 강시 하나를 제압한 백호가 스윽 주변을 둘러봤다.

강시들의 숫자가 적지 않았다.

그리고 그런 이들을 이끄는 것이 저 멀리에 있는 노인이라는 것도 이미 알아차린 상태였다.

그 순간 백호의 앞을 다른 강시 하나가 막아섰다.

무척이나 민첩한 몸놀림. 놈은 방금 전 상대했던 것과는 확연히 달랐다. 그 강시는 아운에게 공격을 가하던 혈강시라는 존재들이었다. 보통의 강시와는 다른 그들의 등장에 백호가 잠시 발을 멈췄다.

발걸음을 멈추는 백호의 모습을 보자 노인은 그에게서 느꼈던 불안한 감정을 지우기라도 하는 것처럼 괜스레 호들갑을 떨었다.

"뭐하는 놈인지는 모르겠지만 지금 그놈은 방금 전 상대했던 놈들과는 확연히 다른 특별한……."

퍼억!

백호의 주먹이 혈강시의 머리통을 그대로 으깨 버렸다. 단 일격에 혈강시 한 구가 그대로 쓰러졌다. 그 모습을 본 노인은 호들갑 떨던 입을 닫고는 멍하니 백호를 내려다볼 수밖에 없었다.

말도 안 되는 일이다.

혈강시의 신체는 강철에 버금간다. 그런 머리통을 그저 주먹질 한 번에 터트려 버리다니…….

혈강시 하나를 단번에 부숴 버린 백호가 이마를 타고 흘러내리는 자신의 피를 혀로 훑어 내며 말했다.

"뭐가 다른데?"

"이익!"

노인이 분한 듯이 소리쳤다.

혈강시를 하나 만들어 내는 데 얼마나 많은 노력과 금전이 필요하던가. 실질적으로 혈강시는 절정고수 몇 명과 싸워도 밀리지 않을 정도의 힘을 지니고 있다.

그런 물건이 고작 한 방?

저 한 방에 죽을 놈을 그토록 많은 시간을 들여 만들어 냈나 하는 생각에 노인은 부아가 치민 것이다. 두 눈으로 보고도 쉬이 믿기지 않는 일이다.

오랫동안 무림을 떠나 모든 시간을 강시 제조에 쏟아 부은 노인이다. 꽤나 긴 시간 동안 무림과 연을 끊고 지내 왔던 탓에 노인은 무림의 화젯거리인 백호의 존재를 알지 못했다.

백호가 성큼 앞으로 걸어 나갔다.

그런 그의 앞에는 노인의 명을 받은 강시 군단들이 막아서긴 했지만…….

번쩍!

백호의 손은 거침이 없었다. 그가 한 번 움직일 때마다 정확하게 강시 한 구가 나가떨어졌다. 철보다 단단하다는 강시들의 머리통이 백호의 손톱에 갈가리 찢겨져 나갔다.

그리고 그 모습을 보는 노인의 안색은 점점 창백해질 수밖에 없었다.

"크아아앙!"

울부짖음과 함께 백호가 상대를 향해 빠르게 움직였다.

폭풍처럼 사이를 파고든 백호의 손에 두 구의 강시가 동시에 터져 나갔다. 백호가 날아올랐다.

지지직!

머리통을 단숨에 잡아챈 백호는 누가 뭐라고 하기도 전에 몸과 머리를 분리해 버렸다. 강철과도 같다는 강시들이 백호의 손톱 아래에서는 흡사 종잇장처럼 찢겨져 나갔다.

소름이 돋았다.

수백의 강시들 사이로 들어와 그들의 목을 아무렇지 않게 뽑아 버리는 백호의 모습에 노인은 공포까지 밀려들었다.

더군다나 백호의 모습은 인간의 것도 아니었다.

인간이 아닌 미지의 존재, 그의 압도적 강함은 강시술이라는 것에 손을 댄 노인에게 커다란 충격으로 다가왔다.

노인은 아무렇지 않게 강시들을 한 구씩 부숴 버리는 백호를 보며 계획을 수정해야만 했다.

'계집이다. 저 계집을 죽여야 해!'

노인의 시선이 아운을 부축하고 서 있는 월하린에게로 향했다. 이번 임무의 목적은 저 여자의 목숨이다.

정말 말도 안 되는 일이지만 이 많은 강시들이 저 사내에게 부서진다면?

그때는 자신도 살아남기 힘들다.

그렇다면 차라리 지금 저 월하린이라는 여인부터 죽이고, 강시들을 세물로 삼아서라도 자신이 살아가는 게 급선무다.

한 명을 죽이기 위해 쓴 것치고는 엄청난 피해일 수 있으나 임무도 성공하지 못하고 모든 강시를 잃는 것보다는 백배는 나았다.

물론 이런 결정을 내리는 게 쉽지만은 않았다.

노인에게 있어 이 강시들은 평생을 바친 피조물이었으니까.

노인이 분한 듯이 힘겹게 입을 열었다.

"저 계집부터 죽여라."

노인의 한마디에 백호를 향해 다가가던 강시들이 몸을 돌렸다.

월하린은 자신을 향해 몸을 돌린 강시들을 보고는 황급히 뒷걸음질 쳤다. 사용하지 못하게 된 내공 때문에 이들의 공격을 받아내는 건 무리였다.

그 모습에 최대한 침착함을 유지하려던 백호의 모습이 돌변했다.

"이 새끼들아! 안 멈춰!"

살기를 뿜어내며 당장에라도 찢어 죽이겠다는 듯이 소리쳤지만, 이들은 생명이 없는 강시라는 존재들이다. 살기만으로 겁을 먹게 만든다는 게 애초부터 불가능한 상대라는 거다.

백호의 눈에 어떻게든 버텨 보겠다는 듯이 아운을 끌며 뒤로 물러나는 월하린의 모습이 들어왔다. 그리고 동시에 절뚝

거리는 발을 보는 순간 백호의 얼굴에 분노가 치밀었다.

관통당한 발에서 연신 피가 쏟아져 나왔고, 그 탓에 그녀의 신발은 피로 붉게 물든 상태였다.

그 모습을 보자 백호의 눈이 뒤집혔다.

흑련석에서 흘러내리던 검은빛이 폭발적으로 늘어났다.

"감히…… 감히 누굴 건드린단 말이냐!"

요력과 내공이 충돌하며 백호의 몸 안에서 커다란 충돌이 일었다. 그리고 이내 그 힘은 바깥으로 쏟아져 나갔다.

동그랗게 말아 쥔 백호의 손톱에 흡사 검처럼 기다란 빛이 일었다. 백호의 힘을 견디지 못하겠는지 주변의 대지가 흔들렸다.

쿠르르르릉!

지진이라도 난 것처럼 떨려 오는 땅.

동시에 불어오는 바람마저 멈췄다. 그것은 실로 말로 형용할 수 없는 힘이었다.

검은빛이 백호의 몸을 집어삼켰고, 그 모습을 보고 있던 노인은 자신도 모르게 마른침을 삼켰다.

백호의 손톱에 서려 있던 힘이 폭발했다.

"크아아아!"

백호는 앞에 있는 수백 구의 강시들 따위는 아랑곳하지 않는다는 듯이 손톱에 힘을 실은 채 월하린을 향해 내달렸다.

백호의 손이 움직였다.

번쩍!

한 번에 하나씩, 아니 심지어 두 구씩의 머리가 떨어져 나갔다. 날아드는 공격을 피하지 않고 백호는 계속해서 강시들의 머리통을 부쉈다.

"비키고, 비켜."

짧은 말을 내뱉는 백호의 두 손에 눈 깜짝할 사이에 수십 개에 달하는 강시들이 쓰러졌다. 높은 담장 위에서 상황을 바라보고 있던 노인의 입장에서는, 이 광경이 실로 놀라울 수밖에 없었다.

백호가 걷는 걸음걸이에 맞춰 길이 생겨났고, 강시들이 반으로 갈라졌다.

걸음걸이에는 힘이 있었고, 망설임도 없었다.

백호는 그저 강시들 너머로 보이는 한 여인만을 바라보고 계속해서 나아갔다.

퍽퍽!

강시들이 죽어 나간다.

그 와중에 백호는 느낄 수 있었다. 그녀와의 거리가 점점 좁혀지고 있다는 것을.

월하린의 향기가, 이 잔인한 싸움터 속에서도 너무나 확

연하게 느껴진다. 그녀의 피 냄새가 백호를 화나게 했고,
또 그를 강하게 만들었다.

빠앙!

백호의 일격에 강시 한 구의 몸이 허공에서 핑그르르 돌
며 땅에 처박혔다. 멈추지 않고 걸음을 옮기던 그의 발걸
음이 처음으로 멈추어 섰다.

백호는 요괴의 모습을 한 채로 자신의 눈앞에 주저앉아
있는 한 여인을 내려다봤다.

월하린, 그녀가 있는 곳에 왔다.

백호의 모습을 올려다보는 월하린의 얼굴에 안타까움이
맴돌았다. 왜 그가 위험을 무릅쓰고 요괴로 변했는지 듣지
않아도 알 수 있었다.

자신을 구하기 위해서리라.

수십 개의 강시들을 일방적으로 도륙 내고 다가오긴 했
지만 백호 또한 멀쩡한 건 아니었다. 다가오는 도중 머리
가 날아가면서도 날린 강시들의 일격이, 또 옆에 있던 자
의 공격에 몸 곳곳에 상처를 입었다.

공격을 막아 내면서 제압하다가는 너무 많은 시간이 소
모될 것이고, 그랬기에 백호는 자신이 당하면서도 상대방
을 재기 불능으로 만들어 버리는 방법으로 이곳까지 도달
한 것이다.

그 탓에 백호의 옷은 피로 얼룩진 채 군데군데 찢겨져 있었다.

그 모습에 월하린은 감정이 복받쳤다.

미안한 감정과 함께 백호와 다시금 이렇게 만났다는 사실에 가슴이 아릿해졌다.

"백호……."

지척에서 월하린의 목소리를 듣는 순간 백호는 긴장이 확 하고 풀리는 것이 느껴졌다. 그녀가 위험하다는 말을 듣고 무림맹에서부터 이곳까지 죽어라 달렸다.

그리고 그녀가 위험에 빠져 있는 걸 보고 크게 분개하기도 했다.

하지만 이렇게 월하린과 가까워지자 그간 쌓아 왔던 감정이 폭발하듯 밀려들었다. 백호가 입술을 깨물었다.

멍청하게 왜 이곳에 왔냐고 화라도 내려고 했다.

하지만 무사한 그녀를 보는 순간 그 화가 사라졌다.

됐다. 무사하기만 하면 됐다.

백호가 몸을 굽혀 그녀의 상처 난 발목을 어루만지며 안타깝다는 듯이 입을 열었다.

"이…… 사고뭉치가."

중얼거림과 함께 백호가 그녀를 와락 안았다.

백호의 갑작스러운 행동에 월하린의 얼굴색이 빨갛게 물

들었다. 어느 순간 코앞까지 다가왔던 그의 숨이 이제는 귓가에 맴돈다.

그의 행동에 월하린이 잠시 어정쩡한 자세로 앉아 있을 때였다. 옆에 널브러져 있던 아운이 그런 둘을 힐끔 올려다보며 입을 열었다.

"분위기 내시는 건 좋은데 저도 좀 신경을……."

"야, 괜찮아?"

어느새 아운에게 다가온 전우신이 그를 부축하며 말했다.

월하린을 껴안았던 백호도 두 손을 풀고 아운에게로 시선을 돌렸다. 그는 등에 많은 검이 꽂힌 채로 실실 웃고 있었다.

백호가 그런 아운을 바라볼 때였다.

아운이 코를 손으로 스윽 훑으며 자랑스레 말했다.

"백호님, 그래도 이번엔 시키신 대로 궁주님 잘 지켰습니다."

"……잘했다."

일전에 월하린이 독에 중독당할 때 지키지 못했다며 백호에게 불호령을 들었던 아운이다.

백호의 칭찬에 아운이 기분 좋다는 듯이 다시금 웃어 보였다. 그런 아운을 바라보던 전우신은 기가 막힌다는 듯이 높아진 목소리로 말했다

"지금이 웃을 때냐?"

웃고는 있지만 아운의 상태는 한눈에 봐도 알 정도로 좋지 못했다. 수십 개의 검이 등에 박혔는데 어찌 괜찮을 수 있겠는가. 그나마 월하린의 검막으로 인해 어느 정도 힘이 감소한 상태에 당했기에 망정이지, 그렇지 않았다면 벌써 숨이 끊어졌어도 이상할 게 없는 상황이었다.

전우신에게 부축을 받고 있는 아운의 안색은 새하얗게 질려 있었다. 그러면서도 아운은 평소의 여유를 잃지 않았다.

아운이 웃으며 물었다.

"백호님과 매화 놈도 왔으니. 저는 이제 좀 쉬어도 될까요?"

"그래. 이젠 내가 알아서 하지."

"백호님의 변한 모습이나 뭐 이것저것 묻고 싶은 게 많긴 한데 너무 졸려서요. 그럼 전 조금만 쉬겠습니다……."

실실 웃던 아운의 고개가 갑자기 푹 하고 떨어졌다.

여태까지 근성으로 정신을 잡고 있었지만, 그것도 한계였다. 둘이 합류하는 걸 보고서 아운은 간신히 잡고 있던 정신을 놔 버리며 혼절했다.

백호가 월하린을 일으켜 세워 주고는, 그대로 아운의 처진 머리를 거칠게 손으로 쓰다듬었다.

월하린을 지켜 준 그가 고마웠다.

"수고했어."

짧은 말을 전한 백호가 월하린을 전우신의 옆으로 돌려 세웠다.

"매화, 월하린을 지켜."

아직 백호에겐 해야 할 일이 남았다.

고개를 돌린 백호의 시선에 아직까지도 다가오고 있는 강시들, 그리고 그들을 조종하는 노인의 모습이 들어왔다.

노인은 지금의 상황에 당황하며 황급히 뭔가를 준비하는 기색이 역력했다.

백호가 미간을 찡그렸다.

한눈에 봐도 노인의 행동이 뭔가 이상했다.

노인은 지금 이들을 가둘 진법을 다시금 생성하기 위해 수를 부리고 있었다. 그렇지만 채 진법이 완성되기도 전에 먼저 백호가 알아 버렸다.

주변의 기운이 이상하게 흐른다는 걸 느낀 백호는 곧바로 주먹에 내력을 실었다.

"어딜······!"

파앙!

주먹을 떠난 권풍이 노인이 서 있던 담장을 노렸다.

진법을 준비하고 있던 노인은 갑작스럽게 날아드는 백호의 권풍에 놀라 황급히 뛰어올랐다.

콰앙!

담장 벽이 무너졌고, 노인은 재빠르게 바닥에 착지했다.

진법을 다시 생성하려는 걸 막아 낸 백호가 뒤쪽에 선 월하린에게 말했다.

"다리 상처 덧나지 않게 조심해서 있어. 금방 끝내고 올 테니까."

품에 안겼던 일로 아직까지도 정신을 차리지 못한 월하린이 백호가 몸을 돌리고 있어 보이지 않을 것임에도 불구하고 고개를 마구 끄덕였다.

그녀는 애써 정신을 차리고는 전우신의 반대편으로 가서 아운을 함께 부축했다.

자신을 지켜주기 위해 부상을 입은 아운을 위해 월하린이 지금 해 줄 수 있는 건 이 정도밖에 없었다.

'조금만 버텨 줘요.'

월하린은 축 처진 아운을 보며 간절히 빌었다.

나머지 세 사람을 뒤로 둔 백호가 앞으로 걸어 나갔다. 혹여나 다른 이들이 강시의 습격을 당하지 않게 하기 위해 최대한 거리를 벌린 것이다.

백호는 슬쩍 고개를 돌려 뒤편을 바라봤다.

월하린을 잠깐 바라봤던 백호의 시선이 이내 아운에게로 향했다. 죽은 듯이 혼절해 있는 그를 보고 있자니 시간이 얼마 없음을 절절히 느끼게 됐다.

'빠르게 끝내야겠어. 그렇다면…….'

백호가 주변을 두리번거리다 이내 뭔가를 발견해 냈는지 성큼 옆으로 다가갔다. 그러고는 그곳에 박힌 나무 한 그루를 뽑아 들었다.

두께는 그렇게 두껍지 않았지만, 길이가 성인 장정 서넛은 붙여 놓은 것처럼 기다란 나무를 백호가 한 손으로 들어 올렸다.

백호는 내공을 천천히 나무에 불어넣었고, 이내 그 나무는 강철처럼 단단한 무기로 변해 버렸다. 백호가 나무를 든 채로 몸을 돌리며 소리쳤다.

"이거나 먹어라!"

부웅!

바람을 가르며 커다란 나무가 사방으로 흔들렸다.

그리고 그 나무에 적중당한 강시들의 몸이 사방으로 날아갔다. 머리를 노리고 휘두른 탓에 몇몇 강시들은 그대로 나자빠졌지만 일부는 큰 문제 없이 자리에서 일어났다.

허나 애초부터 백호의 목표는 이 강시들이 아니었다.

부웅부웅!

휘둘러 진 나무로 인해 강시들이 밀려났고, 그것은 백호의 목표였던 노인에게 향하는 길을 열리게 만들어 줬다.

'지금!'

백호는 그대로 휘두르던 나무를 손에서 놔 버렸다.

그러자 이내 그건 회전력을 실은 채로 전방으로 날아갔다.

콰앙!

나무가 강시들이 가장 많은 곳에 처박혔을 때다.

백호의 몸이 뻥 뚫려 버린 길을 따라 빠르게 달려 나갔다. 그가 노리는 것은 다름 아닌 슬그머니 뒷걸음질을 치며 이곳에서 도망치려 하는 노인이었다.

노인과의 거리가 순식간에 좁혀졌다.

후욱!

도저히 안 되겠다 생각하고 몸을 빼던 노인은 코앞으로 날아든 백호의 모습에 기겁하고야 말았다. 노인은 놀란 와중에서도 양손을 휘둘렀다. 백호의 머리를 향해 날아든 손, 그렇지만 노인의 무공 실력은 일류를 조금 넘어서는 수준이었다.

그런 그의 일격을 요괴로 변한 백호가 허용할 리가 없었다.

가볍게 공격을 피해 낸 백호가 주먹으로 노인의 가슴을 후려쳤다.

"웨웨웩!"

일격을 허용하는 순간 노인은 입에서 피를 뿌리며 바닥을 나뒹굴었다.

바닥에 널브러진 노인이었지만, 그는 아직까지 정신을 잃지 않았다. 노인은 바닥에 주저앉은 채로 엉덩이로 힘겹게 뒷걸음질 쳤다.

그리고 그런 노인을 향해 백호가 한 걸음 한 걸음 다가갔다.

백호를 올려다보는 노인의 안색이 창백해졌다.

'……도망칠 수가 없다.'

긴 손톱과 이빨, 그리고 말도 안 되는 힘과 속도를 지닌 괴물.

노인은 두려웠다.

단숨에 혈강시와 여타 강시들의 머리를 으깨 버리며 월하린에게 다가간 백호. 그런 괴물이 자신에게 왔다.

아직까지 강시들의 일부가 살아 있긴 했지만, 이자를 상대하는 건 역부족이라는 걸 노인은 잘 알고 있었다. 더군다나 그들은 백호의 나무를 이용한 공격에 이미 거리도 제법 떨어진 상태였다.

그리고 결정적으로 남아 있는 강시들의 움직임조차 진작에 멎어 있었다.

그 이유는 바로 노인의 상태 때문이다.

강시들을 움직이는 건 다름 아닌 노인이 고안해 낸 구마회혼대법(九魔廻魂大法)이라는 상시대법과 관련이 있었다.

구마회혼대법을 통해 그들을 조종했고, 명령을 내렸다.

허나 노인의 몸에 이상이 생기며 그들과 연결되어 있던 구마회혼대법이 깨져 버린 것이다. 강시라는 것 자체가 애초부터 명령을 따라 움직이는 인형 같은 존재. 그런 그들과 연결된 구마회혼대법이 깨져 버렸으니 강시들은 이제 정말로 아무것도 하지 못하는 목각 인형이나 다름없었다.

그저 도망치는 이자를 잡겠다고 달려들었던 백호에게는 생각지도 못한 행운이었다.

백호는 움직이지 않는 강시들의 움직임을 느끼고는 히죽 웃었다.

"네놈을 치면 저놈들도 무용지물이었군."

웃고 있는 백호의 모습에 노인은 겁에 질린 목소리로 물었다.

"네놈은…… 누가 만든 게냐?"

"뭔 소리야?"

"넌 인간이 아니지 않느냐! 대체 너 같은 괴물을 누가 만들었는지, 또 어떻게 만들어진 건지 묻는 게다."

노인의 외침에 아운을 부축하고 있는 월하린과 전우신 또한 시선을 돌렸다. 백호를 향한 모두의 시선, 그곳에는 제각기 다른 감정들이 섞여 있었다.

멀리서 봤을 때부터 인간이 아니라는 것 정도는 이미 알고 있었다.

허나 가까이에서 백호를 마주하게 되자 노인은 공포와 함께 밀려드는 궁금함을 참을 수 없었다. 이런 괴물을 만들어 내는 게 자신에게도 가능했다면…….

백호는 노인의 질문에 기가 차다는 듯한 표정을 지어 보였다.

그렇지만 백호는 노인과 길게 대화를 나눌 생각 따위는 없었다. 뒤편에 있는 아운의 상태가 그리 좋지 못했으니까.

백호가 입을 열었다.

"궁금해하지 마. 난 너 같은 놈이 이해할 수 없는 특별한 존재거든."

그 말을 마친 백호의 손톱이 빠르게 노인의 가슴을 꿰뚫었다.

퍼억!

백호를 향해 눈을 부릅뜨고 있던 노인이 스르륵 쓰러졌다. 그리고 남아 있던 강시들은 노인과의 연결이 완전히 끊기면서, 마치 약속이라도 한 것처럼 동시에 바닥으로 쓰러졌다.

쿵쿵쿵.

뒤편에서 쓰러져 가는 강시들을 확인한 백호가 빠르게 일행에게 다가갔다.

백호가 노인을 정리하는 사이에 아운에 대한 응급처치가 끝난 상황이었다. 등에 박혔던 검들도 이미 뽑아냈고, 상처 부분을 점혈하여 출혈도 멈췄다.

백호는 두 사람에게 부축된 채로 늘어져 있는 아운을 보며 물었다.

"두건 놈의 상태는?"

"점혈을 해 두긴 했지만 워낙 상처가 큰지라 점점 안 좋아지고 있습니다."

"젠장. 서둘러야겠군."

말을 마친 백호가 등을 돌리고는 몸을 살짝 굽혔다. 그러고는 뒤편을 바라보며 다급히 말했다.

"뭐해? 빨리 등에 업히지 않고."

"아, 예."

전우신이 다급히 고개를 끄덕이고는 백호의 등에 아운을 업혔다. 아운을 등에 업은 백호의 시선이 월하린에게로 향했다.

방금 전 있었던 포옹 때문에 아직까지도 어색하게 서 있던 월하린에게 백호가 다가갔다.

"어엇?"

월하린은 자신을 번쩍 안아 드는 백호의 행동에 깜짝 놀라고야 말았다. 백호는 놀란 듯 꿈틀거리는 그녀를 내려다

보며 입을 열었다.

"가만히 있어."

"배, 백호. 전 괜찮으니까……."

"괜찮긴 뭐가 괜찮아. 다리에 피 철철 나는 거 안 보여?"

괜찮다는 월하린의 말을 잘라 버린 백호가 전우신에게로
시선을 돌렸다.

"우선 무림맹이 있는 곳으로 돌아가 의원을 찾도록 하
지. 너까지 데리고 달릴 순 없으니 따로 쫓아와."

"그러도록 하겠습니다."

전우신은 죽어 가는 와중에서도 실실 웃어 대던 아운의
모습이 머리를 떠나지 않았다. 그가 입술을 꽉 깨물며 말
했다.

"아운을…… 꼭 살려 주십시오. 백호님."

"알아."

백호가 짧게 대답하고는 장포를 이용해 아운의 몸을 고
정시켰다. 당장이라도 달려 나가려던 백호가 걸음을 멈추
고 전우신을 슬쩍 바라봤다.

눈이 마주치자 전우신이 왜 그러냐는 듯 백호를 응시했다.

"내 모습에 대해 궁금한 게 있겠지만 그 이야기는 나중에."

"……예."

전우신이 고개를 끄덕였다.

사실 크게 내색은 하지 않았지만 전우신은 현재 상황이 너무 당황스러웠다. 마주 선 백호의 모습이 인간과는 거리가 멀어 보였으니 당연한 것이었다.

그렇지만 지금은 그 궁금증보다 아운의 목숨이 더 우선이었다.

그 순간 전우신의 눈에서 백호가 사라졌다. 그의 몸이 순식간에 환영무관을 넘어서고 있는 것이 전우신의 눈에 슬쩍 들어왔다가 이내 흔적도 없이 모습을 감췄다.

자신도 백호에게 들려서 달려 봤기에 알지만 정말 말도 안 되는 빠르기였다.

전우신은 그들이 사라진 방향을 바라보며 걱정스러운 표정을 지어 보였다. 온몸에 검이 쑤셔 박힌 채로 실려 간 아운의 생사가 너무나 걱정되는 탓이다.

'멍청한 자식.'

어떻게 하면 죽어 가는 그 와중에도 실실거리며 웃을 수 있을까. 아마 세상천지를 뒤져 봐도 그런 얼간이는 저놈 하나뿐이리라.

전우신은 무림맹이 있는 방향을 바라보며 나지막이 중얼거렸다.

"죽지 마라."

제2장. 정체
— 대체 뭡니까

妖魔傳說

은설란이 빠른 걸음으로 무림맹 내부를 걷고 있었다. 그녀의 표정은 그리 유쾌해 보이지 않았다. 뭔가가 심기를 건드린 것처럼 잔뜩 구겨진 표정의 은설란이 향한 곳은 현무가 자주 시간을 보내는 누각이었다.

그리고 예상대로 누각에는 현무가 자리하고 있었다.

"당신……!"

화가 난 은설란이 막 소리를 치려고 할 때였다.

"뭐죠?"

현무는 혼자 있는 것이 아니었다. 현무의 옆에는 주작이 함께하고 있는 상태였다. 그녀는 화가 난 듯이 다가온 은설란을 뚫어져라 바라봤다.

뭔가에 화가 났던 은설란이 그제야 주작의 존재를 확인하고는 짧게 포권을 취했다.

"당신이 있는 줄은 몰랐네요. 와 있다는 말은 들었는데……."

"무슨 일이냐고 물었는데요?"

주작이 말을 잘랐다.

그녀의 존재에 정신을 차린 은설란은 깊게 심호흡을 했다. 그러고는 한결 누그러진 목소리로 손에 들고 있던 서찰 하나를 현무 앞으로 탁 소리 나게 내려놓았다.

가만히 앉아 있던 현무는 자신의 앞에 놓인 서찰의 내용을 가볍게 눈으로 살폈다.

현무가 서찰을 본 것을 확인한 은설란이 애써 침착한 목소리로 물었다.

"이거 설명해 주실래요? 당신 짓이죠?"

"내 짓은 아니야. 다만…… 알고는 있었다."

"그럼 저한테 말을 해 주셨어야죠!"

콰앙!

은설란이 현무와 주작 사이에 있는 탁자를 손바닥으로 소리 나게 내려쳤다. 그런 그녀의 태도에 주작이 눈살을 찌푸렸다.

기분 나쁘다는 듯 주작이 나서려고 할 때 현무가 손을 들어 잠시만 기다려 달라는 신호를 보냈다.

이곳 무림맹의 모든 일을 총괄하는 것이 현무였기에 주작은 애써 화를 누그러트렸다.

현무가 화가 난 은설란을 올려다보며 물었다.

"이런 것까지 보고해야 하나?"

"당연하죠. 제가 말했잖아요. 아직은 안 된다고요. 지금 월하린을 죽이면⋯⋯."

흥분해서 말을 내뱉던 은설란은 태연하게 자신을 바라보는 현무의 시선에 긴 한숨을 내뱉었다. 그러고는 다시금 입을 열었다.

"월하린의 생사 여부는 제가 정해요. 지금 이런 식으로 죽이는 건 안 된다고 수십 번은 말했잖아요. 앞으로의 일을 위해 그녀는 살아 있어야 한다고요. 대체 누구죠? 누가 그녀를 죽이려 강시군단을 움직이라는 명을⋯⋯."

"너와 내가 아니라면 누가 그런 중대한 명령을 내릴 수 있을까."

"⋯⋯."

현무의 말에 은설란이 침묵했다.

사실 조금만 생각해 보면 알 일이다. 은설란의 명령을 뒤집을 수 있는 건 오로지 단 한 명뿐이다.

아직 월하린을 죽이면 안 된다는 자신의 말을 무시한 그자의 행동이 마음에 들지는 않았지만 은설란은 화를 내리누를 수밖에 없었다.

"그분에게 전해 주세요. 월하린은 절대 죽이면 안 된다고요. 마지막 거사를 위해서라도 그녀는 살아 있는 게 우리에게 큰 이득이라고."

"전해는 주지. 다만 그 말이 얼마나 먹힐지는 장담하지 못하겠군."

"무슨 말이죠?"

"이미 움직이기로 마음먹은 모양이야."

"움직인다뇨? 설마?"

"맞아. 천수갱(天水坑)이 열렸다."

천수갱이 열렸다는 건 그림자회 내부의 은어였다. 현무는 무척이나 가볍게 이야기했지만 이건 보통 사건이 아니었다.

그 말은 곧 마지막 패를 드러냈다는 걸 의미했으니까.

은설란의 표정이 딱딱하게 굳었다.

"미치겠군요. 월하린을 죽이려 든 걸로도 모자라 천수갱을 열어요? 되돌리세요."

"늦었다."

"대체 지금 움직여서 뭐가 된다는 거죠! 아직 아무런 것도 준비가 안 되어 있고 무림맹주도 저렇게 멀쩡하니…….”

“준비가 안 된 건 우리가 되게 만들면 된다.”

현무가 담담하게 말을 받았다.

그런 그의 모습에 은설란이 분하다는 듯이 중얼거렸다.

“전 왜 있는 건지 모르겠군요.”

“여기 오기까지의 네 공로를 인정한다. 다만…… 이제부터는 우리가 조금 더 전면으로 나설 생각이다.”

오랜 시간을 기다려 왔다.

그리고 마침내 계획해 왔던 모든 일들을 실행에 옮길 때가 된 것이다.

현무가 말없이 서 있는 은설란을 올려다보며 물었다.

“화가 나나 보군.”

“……당연하죠. 제가 다 해 놓은 밥상에 다른 사람이 앉아서 수저를 들려고 하는 데 기분 좋을 리는 없잖아요?”

“이해한다. 그래도 최소한 네가 먹을 밥 정도는 남겨 줄 테니 걱정하지 않아도 될 것 같군.”

“그 말 믿죠.”

말을 마친 은설란이 고개를 휙 하니 돌려 걸어 나갔다. 허나 현무가 있는 누각을 빠져나가는 은설란의 표정에는 분노가 가득했다.

은설란이 멀어져 갈 때였다.

현무와 나란히 앉아 있던 주작이 나직이 입을 열었다.

"저 인간 건방지네. 은설란이라고 했었지?"

현무가 고개를 끄덕이자 주작이 말을 이었다.

"그냥 놔둘 생각이야?"

"응."

"어째서?"

"적어도…… 저 정도 건방질 가치는 있는 인간이거든."

현무가 멀어져 가는 은설란을 내려다보며 중얼거렸다.

*　　　*　　　*

무림맹에서 백하궁이 머무는 거처인 연성각.

그 연성각의 가장 햇볕이 잘 드는 방에 아운이 자리하고 있었다. 드러난 상체는 온통 붕대로 돌돌 감겨 있다시피 했다.

아운이 이렇게 큰 부상을 입은 지도 무려 삼 일이라는 시간이 지났다. 삼 일 동안 미동도 하지 않았던 아운의 손가락이 꿈틀거렸다.

그가 이곳에 실려 온 이후 한시도 이 방을 떠나지 않았던 전우신의 귓가로 아운의 목소리가 들려왔다.

"무, 무울."

등을 돌린 채로 방을 정리하고 있던 전우신은 아운의 목소리에 깜짝 놀라 시선을 돌렸다. 그리고 그곳에는 드러누운 채로 자신을 바라보고 있는 아운이 있었다.

아운과 눈이 마주치는 순간 전우신의 얼굴에 화색이 돌았다.

"이…… 망할 자식이."

황급히 다가오는 전우신을 보며 아운이 힘이 없는 와중에도 실실 웃어 보였다. 초승달처럼 휜 아운의 눈을 보는 순간 전우신은 다시금 죽을 뻔했던 그날이 떠올라 울화가 치밀었다.

"야 이 멍청한 놈아. 죽어 가는 와중에 그렇게 웃어 대는 놈이 어디 있냐?"

"왜 임마. 죽는 줄 알았냐?"

여전히 실실 웃으며 아운이 힘없는 목소리로 대답했다. 그런 아운을 향해 전우신이 맘에도 없는 말을 퉁명스레 내뱉었다.

"네 질긴 목숨이 겨우 그 정도로 죽겠어?"

"어쭈? 황천길까지 구경한 사람한테 못 하는 말이 없네."

아운이 말을 내뱉고는 목이 탄다는 시늉을 해 보였다. 그러자 전우신이 황급히 자리에서 일어나 뒤편에 있는 물잔에 물을 채워 가져다주었다.

아운이 억지로 몸을 일으켜 세우려고 하다 이내 고통스럽다는 듯이 비명을 토해 냈다.

"으아악! 엄청 아파."

"엄살은. 그리고 열흘 이상은 죽은 듯이 누워 있으라니까, 괜히 움직이지 말고 가만히 좀 있어."

말을 마친 전우신은 물 잔을 직접 입에 가져다주었다. 아운은 목만 자라처럼 빼꼼 내민 채로 전우신이 주는 물을 받아 마셨다.

그리고 그때 아운의 비명을 들은 백호가 월하린과 함께 방으로 들어섰다.

월하린이 눈을 뜨고 있는 아운을 보고는 기쁜 얼굴로 소리쳤다.

"아운 소협!"

방으로 들어선 둘이 빠르게 아운에게로 다가왔다. 아운 또한 그런 둘을 웃는 눈으로 맞이했다.

"몸은 좀 어때요?"

"뭐, 그럭저럭 괜찮은 것 같은데요. 아직 사지를 못 움직이긴 하지만 숨이 붙어 있는 게 어딥니까."

아운은 다친 와중에서도 여유 있게 농담을 던졌다.

사실 온몸이 쑤시고 죽을 만큼 아팠지만 이렇게 눈을 뜨고 모두가 멀쩡한 얼굴로 본다는 사실 자체만으로도 아운은 이 정도 고통은 버틸 만했다.

아운이 도리어 물었다.

"궁주님은 괜찮으신지요? 발목을 심하게 다치셨었는데……"

"이 정도로 뭘요."

월하린이 붕대를 감은 발목을 슬쩍 내려다보며 말했다. 발목을 관통당할 정도의 큰 부상이긴 했지만 아운에 비한다면 아무것도 아니다.

그때 멀뚱히 서 있던 백호가 아운을 향해 말했다.

"내가 널 살리려고 등에 업고 뛴 건 알아 둬라."

"하하, 왠지 기절한 와중에서도 머리가 핑핑 돌더라니 백호님에게 업혀 있던 탓이군요."

웃으며 말하던 아운이 슬쩍 백호를 살폈다.

비록 큰 부상을 입어 제정신이 아니었다고는 하지만 아운은 똑똑히 기억하고 있었다. 백호가 요괴로 변해 있던 그 모습을.

아운은 전우신과는 달랐다.

여태까지 그 일에 대해 묻지 않고 있던 전우신과 달리 아운이 직설적으로 물었다.

"그런데 백호님 정체가 뭡니까? 제가 잘못 본 건 아닌 것 같은데요."

"……."

아운의 말에 전우신의 시선이 백호에게로 향했다.

사실 전우신 또한 수도 없이 묻고 싶은 말이었다. 하지만 기회가 나지 않아서 언제 묻나 그저 눈치만 보고 있을 뿐이었다.

그렇게 고민하던 문제를 이놈은 그저 눈을 뜨자마자 대수롭지 않게 묻고 있다.

물론 아운 또한 그 일을 결코 가볍게 여기는 건 아니었지만 말이다.

아운의 질문에 백호는 월하린을 잠시 바라봤다.

사실 이미 월하린과 이 일에 대한 이야기는 끝마친 상태였다. 월하린은 어떻게 해서든 백호의 비밀을 지키고 싶어 했다. 그렇지만 이야기를 들은 것도 아니고 눈으로 직접 본 두 사람이다.

한 명이 아니라 둘이 본 것이니 잘못 본 거라 우길 수도 없는 노릇.

백호가 무덤덤하게 입을 열었다.

"요괴."

"……요괴요?"

아운이 당황한 듯한 표정을 지어 보였다.

하지만 이내 그는 침착함을 되찾았다. 사실 그 모습이

인간의 것으로 보이지 않은 건 사실이었지 않은가. 요괴라는 말에 아운은 그때 변해 있던 백호의 모습이 단번에 이해가 갔다.

이해는 갔지만 아운은 당황스러웠는지 헛웃음이 나왔다.

"하하……."

눈앞에 있는 이가 스스로 자신은 요괴라고 하는데 무슨 말을 해야 할까? 세상을 살아가면서 요괴라는 존재가 실존할 거라 생각해 본 적도 없었고, 설마 이렇게 직접 눈으로 볼 거라고는 꿈에서조차 상상한 적 없었다.

웃고 있는 아운의 옆에 있던 전우신이 월하린을 향해 물었다.

"궁주님은 알고 계셨군요."

"네. 처음 백호를 만났을 때부터 알고 있었어요."

월하린의 말에 전우신이 놀란 듯이 그녀를 바라봤다. 처음 만났을 때부터 알았다고? 그런데도 불구하고 백호와 함께했단 말인가.

그건 결코 쉬운 일이 아니다.

월하린이 짧게 그간의 일에 대해 말했다.

"우연히 처음 백호를 만났어요. 그때 백호는 스스로 정체에 대해 제게 말해 줬었고요. 그리고 그 이후로 쭉 같이 있다가 두 분을 만났죠. 사실 백호는 자신이 요괴라는 걸

굳이 감추지 않았거든요. 정체를 감춰 달라고 부탁한 건 저고요."

"이 일을…… 누가 압니까?"

"이곳에 있는 사람이 전부예요."

다른 요괴들을 제하고는 이곳에 있는 사람들이 백호의 진면목을 아는 전부다. 물론 백호의 본모습을 본 건 이들을 제한 신무련주 엽무강도 있었지만, 그 또한 백호의 정체에 대해서 아는 건 아니었다.

백호가 물었다.

"뭐 더 물어볼 거 있냐?"

"아뇨. 당장엔 뭐."

아운은 머리가 혼란스러웠는지 말을 흐렸다.

그러자 월하린이 먼저 자리에서 일어나며 두 사람을 향해 말했다.

"우선 죽이라도 좀 챙겨다 달라고 할게요. 며칠 동안 제대로 못 드셔서 허기지실 테니까요."

"엇, 그러고 보니 배가."

아운이 괜스레 호들갑을 떨며 주린 배를 손으로 어루만졌다. 어떻게든 이 가라앉은 분위기를 쇄신하려는 그의 노력이 보였다.

월하린이 그런 두 사람을 향해 다시금 입을 열었다.

"하나만 부탁드릴게요."

부탁한다는 말에 자리에 누워 있던 아운도, 혼란스러운 듯 바닥을 바라보고 있던 전우신도 그녀에게로 시선을 돌렸다.

월하린이 두 사람을 향해 말했다.

"두 분이 각자의 문파에 저희에 대한 정보를 주는 건 알고 있어요. 그렇지만 이것만큼은…… 비밀로 해 주셨으면 해요. 아, 이건 부탁이에요."

말을 마친 월하린이 두 사람을 향해 살짝 웃어 보이고는 그대로 방을 빠져나갔고, 뒤이어 걸음을 옮기던 백호는 떠들고 다니면 죽이겠다는 듯이 손으로 목을 긋는 시늉을 하며 걸어 나갔다.

둘이 나가자 방 안에는 잠시 정적이 감돌았다.

아운이 똑바로 누워 천장을 바라보며 입을 열었다.

"하아, 어린 꼬마일 때도 안 믿던 요괴 이야기를 이 나이 먹어서 믿어야 하다니……."

중얼거리던 아운이 갑자기 히죽거리며 웃었다.

그런 아운의 모습에 전우신이 물었다.

"왜 갑자기 그렇게 웃어?"

"재미있어서."

"뭐가?"

되묻는 전우신의 말에 아운이 웃으며 대답했다.

"당과를 좋아하는 요괴라…… 너무 안 어울리는 게 뭔가 재밌잖아?"

아운의 그 말에 전우신도 피식 웃어 버리고야 말았다.

방 안에는 침묵이 감돌았다.

아주 잠시 그 상태로 천장을 올려다만 보던 아운이 입을 열었다.

"넌 보고했냐?"

"뭐? 백호님과 관련된 건?"

"응."

"아니. 안 했다."

"왜 보고 안 했냐? 나야 뭐 며칠간 정신을 잃고 있었으니 그렇다 치지만 넌 시간이 있었잖아."

아운의 말에 전우신이 입가에 씁쓸한 미소를 지어 보이며 중얼거렸다.

"그러게. 왜 그랬을까."

백하궁에 몸담고 있지만 전우신의 실제 소속은 화산파다. 그는 백하궁과 관련된 것들을 계속해서 상부에 보고해야 하는 임무를 맡고 있다.

그런데 이런 중대한 일에 대해서 전우신은 아직까지도

아무런 보고를 할 준비조차 하지 않은 상태였다.

아운의 말대로다. 만약 이 사실에 대해 말하고자 했다면 이미 화산파에게 알리고도 남았을 시간이다. 그럼에도 불구하고 그 어떤 보고도 하지 않은 이유를, 전우신 본인 스스로도 잘 알고 있었다.

그가 조심스럽게 입을 열었다.

"아마도…… 말하고 싶지 않은 거겠지."

사실 충격이 이만저만이 아니다.

인간이 아닌 요괴라니, 그런 존재에 대해 단 한 번도 생각해 본 적도 없는 전우신이다.

그런데 이토록 가까운 곳에 인간이 아닌 다른 존재가 있었다는 사실에 전우신은 무척이나 놀란 상태였다.

이게 보통 일이 아니라는 건 잘 알고 있다.

하지만 그럼에도 불구하고 전우신은 이 사실에 대해 화산파에 알리고 싶지 않았다.

전우신이 자리에 누운 채로 뭔가를 생각하고 있는 아운을 향해 물었다.

"넌 어쩔 생각이냐?"

"나? 흐음."

아운이 고민된다는 표정을 짓다가 이내 실실 웃어 보이며 대답했다.

"무척 재미있긴 하지만 굳이 말할 필요는 없을 것 같은데. 백하궁 내부에 있는 인간들이 내 감시 대상이거든. 요괴인 백호님 이야기는 내 임무가 아니라서 말이야."

별일 아니라는 듯이 말하고 있었지만 아운의 입장으로서 이건 큰 결정이었다. 사형 도효굉이 엄포를 놓고 간 지 그리 오랜 시간이 지나지 않았다.

그는 아운의 목숨까지 위협할 만한 인물이다.

그럼에도 불구하고 아운은 백호의 비밀을 숨기기로 마음먹었다.

아운의 말을 들은 전우신이 피식 웃었다.

"말도 안 되는 편리한 논리로군. 그렇지만 뭐…… 맘에 드네."

전우신은 한결 마음이 편해진 듯이 팔짱을 낀 채로 옆에 있는 의자에 걸터앉았다. 쉬운 결정은 아니지만 전우신 또한 아운과 마찬가지였다.

백호에 대한 진실을 전한다면 백하궁의 존속 자체가 위험해질지도 모르는 상황이다. 이곳을 떠나고 싶지 않았기에 전우신은 이번 일에 대해 함구할 요량이었다.

백호가 요괴라고 한들 변하는 건 없다.

그가 악행을 저지르는 것도 아니고, 그저 자신들과 조금 다른 종류의 생명체일 뿐이지 않은가.

말없이 앉아 있는 전우신을 향해 아운이 말했다.

"그래도 백호님의 정체를 알고 나니 그동안 미심쩍었던 것들이 이해가 가는데."

"무슨 말이야?"

"그 말도 안 되는 속도로 늘어나는 무공 실력도 그렇고, 일전에 말했던 거 기억하냐? 뭔가 이빨도 길어지고 얼굴도 변한 것 같다고 했었던 거."

아운의 말에 전우신이 고개를 끄덕였다.

월하린이 독에 중독되었을 때 백호는 아운을 죽일 듯이 달려들었었다. 당시 아운이 백호가 뭔가 변했다 했었지만, 전우신은 헛것을 본 거라 생각하고 믿지 않았었다.

그렇지만 이제 와서 보니 그건 아운의 착각이 아니었던 모양이다.

두 사람이 그렇게 백호에 대한 이야기를 끝마친 지 얼마 되지 않아 식사를 챙기러 갔던 둘이 돌아왔다. 자그마한 그릇 하나를 쟁반에 올린 채로 백호가 다가왔다.

"옜다."

고작 죽 하나가 전부였지만 며칠이나 굶은 아운이었기에 그는 황급히 몸을 일으켜 세웠다. 반쯤 몸을 일으켜 세운 아운이 힘겹게 죽을 떠서 입에 넣고는 이내 두 눈을 동그랗게 떴다.

죽다 살아나서 그런지, 아니면 허기가 져서 그런지 밍밍한 맛인데도 불구하고 무척이나 맛있게 느껴졌다.

아운이 연거푸 죽을 퍼먹으며 말했다.

"제 인생에서 이렇게 맛있는 죽은 처음이군요."

"당연하지. 누가 가져다준 건데."

의자에 걸터앉은 백호가 당연하다는 듯이 말했다.

그의 자신감 가득한 모습에 아운이 장난스럽게 물었다.

"이거, 정체에 대해 말하지 말라고 주시는 뇌물입니까?"

"뇌물은 무슨. 그냥 두건 네가 월하린을 지켜 준 거에 대한 내 조그마한 선물이라고 생각하면 되겠군."

"이게 제가 목숨을 건 거에 대한 선물이라고요?"

"왜? 내가 가져다준 죽이면 충분하잖아?"

백호의 말에 아운이 픽 하고 웃었다.

짜다, 목숨을 건 대가로 겨우 이런 죽 하나라니. 말도 안 되는 소리이긴 하지만 아운은 기분이 나쁘지 않았다.

애초부터 뭔가를 바라고 한 행동도 아니었다.

비록 이번 허규의 일에 전면으로 나선 건 전우신이었지만, 이 둘 또한 자신을 위해 움직여 주지 않았던가.

더군다나 검에 찔려 정신이 오락가락하는 와중에 받았던 백호의 칭찬도 썩 기분이 좋았다.

단 한 번도 누굴 칭찬하는 걸 본 적 없었던 백호이기에,

그에게서 받은 칭찬은 남다른 의미로 다가왔다.

아운이 백호의 말을 받았다.

"이게 그런 선물이라면 한 톨도 남김없이 싹싹 긁어먹어야 그나마 덜 억울하겠군요."

"그럼 내가 가져다준 건데 남기려고 했냐? 똑똑히 보고 있으니까 남기지 말고 다 먹어. 조금이라도 남기기만 해봐라 그냥 확!"

"백호, 아무리 그래도 환자인데……."

백호가 으름장을 놓았고 그런 그를 옆에 있는 월하린이 말렸다. 별거 아닐 수도 있는 장면이지만, 아운은 죽을 먹으며 그 모습들을 눈에 담았다.

푸근했다.

다 먹으라고 윽박지르고는 있었지만, 그 안에서 느껴지는 걱정이라는 감정은 이곳 백하궁에 오기 전에는 잊고 살았던 것이다.

누구도 믿지 않았고, 또 항상 웃으며 자신을 속여만 왔다. 그렇지만 이곳 백하궁에서 만난 이들은 뭔가 아운을 달라지게 만들어 버렸다.

그랬기에 감시하는 입장으로 와 버린 주제에 목숨까지 걸면서 월하린을 지킨 것이기도 했다.

서로가 서로를 생각해 주고, 또 누군가를 위해 살아간다는 것.

아주 오래전 부모님에게서나 느꼈던 감정들.

이들에게서 그런 가족과도 같은 느낌이 드는 건 왜일까?

가족 같은 느낌이 들자 아운은 자신도 모르게 목이 메어 왔다. 목이 멘 탓에 잠시 죽을 먹는 걸 멈추고 있자 전우신이 재촉했다.

"뭐해? 어서 안 먹고. 백호님, 벌써 그만 먹으려는 모양인데요?"

어처구니없게 백호에게 일러 대는 전우신의 모습에 아운이 가볍게 그를 흘겨봤다.

'눈치 없는 자식 같으니라고.'

아운이 자신의 감정을 감춘 채로 소리쳤다.

"뜨거워서 식혀 먹는 건데 그걸 이르냐!"

*   *   *

길게 펼쳐진 관도.

그리고 그 관도와 이어져 있던 마을에서는 진한 피 냄새만이 가득했다. 마을의 초입부터 해서 서당, 객잔 등 모든 곳에 있는 사람들이 가슴이 찢겨진 채로 죽음을 맞이했다.

그 시체들의 사이에 선 두 명의 사내.

청룡과 유강이었다.

관도와 맞닿아 있는 만큼 오가는 이들도 제법 많은 마을이었지만, 이곳에 있는 모든 생명체들이 죽는 데는 불과 일각이라는 시간밖에 들지 않았다.

청룡과 유강의 두 손은 피로 물들어 있었다.

인간의 심장을 먹어 대던 유강이 이윽고 청룡을 향해 물었다.

"청룡님, 시키시니 하긴 했지만 이 마을을 건드려서 괜찮을까요? 분명 금방 소문이 퍼질 텐데요."

지금껏 수도 없이 많은 마을의 사람들을 죽여 댔었지만 그곳들과 이곳은 엄연히 다르다. 여태까지는 대부분 산 중턱에 위치한 이름 없는 마을들을 습격했다. 그에 반해 지금 이곳은 소문이 퍼지기 좋은 곳에 위치한 마을이다.

아마 얼마 되지 않아 이곳에서 벌어진 끔찍한 살인 사건에 대한 것들이 온 중원에 퍼질 것이다.

유강의 질문에 청룡이 가볍게 웃었다.

"그것이 내가 바라는 것이다."

"예? 어째서 그런……."

유강이 당황한 듯이 청룡에게 물었다.

이런 사건이 드러나는 건 피해야 할 일이라 생각했다. 그런데 청룡은 오히려 그것을 노리고 했다는 듯이 말하고 있었다.

의아하다는 듯이 바라보는 유강을 향해 청룡이 짧게 말했다.

"넌 내가 시키는 대로만 하면 된다. 궁금증 따위 가지지 말라 일렀는데."

"죄송합니다."

유강이 황급히 사과했다.

청룡은 항상 말해 왔었다. 그 무엇도 궁금해하지 말고, 또 무엇도 알려고 하지 말라고. 유강은 청룡의 그 명령을 결코 가벼이 여기지 않았다.

혈천대라공을 대성하며 엄청난 힘을 지니게 되었지만 그것조차도 청룡에 비한다면 아무것도 아니다. 그랬기에 유강은 청룡의 말을 곧이곧대로 따랐다.

아직 청룡에게서 배울 게 많았으니까.

고개를 조아리는 유강을 만족스럽다는 듯 바라보던 청룡이 나지막이 말했다.

"이제부터는 자그마한 마을이 아니라 소문나기 좋을 법한 곳들을 건드릴 것이다. 이제 감추기보다는 오히려 터트리는 게 나중을 위해 좋을 것 같아서 말이야. 그러니 너도 앞으로 그런 줄 알거라."

"알겠습니다."

유강이 고개를 끄덕였다.

진한 피 냄새가 코를 찔러 댔지만 유강은 표정 하나 변하지 않았다. 처음엔 다소 역하다 느꼈던 이 진득한 냄새도 혈천대라공이 깊어질수록 점점 달콤하게 느껴졌다.

그리고 이제는 피 웅덩이 속에서도 잠을 청할 정도로 무덤덤해져 버렸다.

인간의 심장을 먹어 대던 청룡이 이내 손에 묻은 피를 툭툭 털어 냈다.

"이만 가지."

"예."

고개를 끄덕인 유강이 황급히 먼저 달려가 마을의 입구 부분에 세워 둔 마차로 다가갔다. 마차의 고삐를 잡은 유강이 힐끔 고개를 돌렸을 때다.

마차 안에는 누군가가 자리하고 있었다.

하지만 유강은 놀라지 않았다. 애초부터 그자와 동행하고 있는 사이였던 탓이다.

절강성 안탕산에서부터 함께하고 있었지만 유강은 저자의 정체를 알지 못했다. 심지어 그가 남자인지, 여자인지조차도 말이다.

처음 저자를 만난 건 안탕산을 떠날 무렵이었다.

그동안 유강은 동굴 앞을 지키며 혹시나 있을 침입자들

에 대비했었다. 그러던 와중 꼬리를 잡고 다가오는 하오문 도를 제거했고, 이내 청룡과 함께 그곳을 떠날 채비를 마쳤다.

내심 동굴 안에 있는 무엇인가를 궁금해하면서도 청룡의 명에 따라 그곳을 지켜 왔던 유강이었다.

그리고 이내 안탕산을 떠나려고 할 때 청룡과 함께 동굴 안에서 모습을 드러낸 인물.

'대체 누구지?'

궁금했지만 알 방도가 없었다.

그자는 전신을 장포로 가리고 있었고, 말하는 것조차 들어 보지 못했다.

아무런 것도 알지 못했지만 하나 확실한 건 있었다.

청룡이 준비하는 과업에 있어 저자가 무척 중요한 자라는 것 정도는.

어느새 다가온 청룡이 마차의 문을 열고 정체불명의 인물과 마주 앉았다. 그가 창문으로 힐끔 유강을 내려다보며 말했다.

"출발해."

"알겠습니다."

유강은 곧바로 마부석에 올랐다.

그는 마부석에 앉아 고삐를 잡아당겼다.

"이랴아!"

가만히 멈추어 있던 말들이 유강의 외침과 함께 다리를 움직이기 시작했다.

마차가 점점 목적지로 나아가면서 유강의 피도 끓어올랐다. 하지만 뒷자리에 타고 있는 자에 대한 궁금증도, 또 피에 대한 욕구도 한 사내만 생각하면 거짓말처럼 잠잠해진다.

백호!

그놈에게 다가가고 있다.

백호를 이기기 위해 인간이기를 포기했다.

모든 걸 버렸으니만큼 반드시 얻고 싶은 게 하나 있었다. 그건 바로 백호의 목숨이었다.

'기다려라, 백호. 이번엔 반드시 내가 네놈을 짓밟아주지!'

제3장. 맹주의 부탁
― 자네에게 하나만 부탁함세

월하린과 아운이 가짜 맹주의 수하에게 속아 위험에 처한 지 오 일이 지났을 때였다.

맹주 측에서 사람이 왔다.

"맹주님이 뵙기를 청하십니다."

무인 하나가 찾아와 말하자 월하린과 아운의 표정이 묘하게 변했다. 이번엔 진짜가 맞냐는 듯한 시선이었다.

그런 둘을 향해 무인이 재차 말했다.

"맹주님의 거처로 오시랍니다."

거처로 오라는 말에 그제야 둘의 시선에서 의심의 빛이 사라졌다. 월하린이 자리에서 일어났다.

"가 봐야겠어요."

"나도 같이 가지."

백호가 기다렸다는 듯이 월하린의 옆으로 다가갔다. 그러자 맹주의 말을 전하러 온 무인이 안 된다는 듯이 고개를 저었다.

"혼자 오시라고……."

"뭐? 혼자?"

백호가 살기를 뿜었다.

갑작스럽게 쏟아져 나온 백호의 살기에 무인의 다리가 굳어 버렸다. 제법 실력 꽤나 있는 무인이었으나 백호의 살기는 그런 그조차 움직일 수 없게 만들 정도였다.

월하린이 백호를 말렸다.

"뭔가 하실 말씀이 있으신가 봐요. 그냥 조용히 다녀올게요. 설마 거처로 부르시는데 무슨 일이 있겠어요?"

"얼마 전에 그런 일을 당했는데 어떻게 혼자 보내. 내가 말할 테니 같이 가자."

백호는 물러날 생각이 없다는 듯이 말했고, 월하린 또한 그런 그의 마음을 이해했다. 그랬기에 그녀는 겁을 먹고 굳어 있는 무인에게 미안하다는 듯이 말했다.

"사정이 이렇게 되었으니 직접 가서 맹주님께 말씀을 드릴게요."

말을 마친 그녀가 백호의 옆구리를 가볍게 손가락으로 쿡쿡 찔렀다. 그제야 백호가 무섭게 쏟아 내던 살기를 거뒀다.

살기가 사라지자 가볍게 기침을 한 무인은 이내 딱딱하게 굳은 얼굴로 대답했다.

"……알겠습니다."

말을 마친 무인이 사라졌고, 백호가 불만스러운 표정으로 중얼거렸다.

"일이 벌어진 지 얼마나 됐다고 혼자 오라 마라야?"

백호가 불만을 토해 낼 때였다. 아운의 옆에 있던 전우신이 의아한 표정으로 물었다.

"이런 때에 단둘이 보려고 하시는 이유가 뭘까요?"

"글쎄요. 딱히 비밀스레 대화를 나눌 건 없는 것 같은데 말이에요."

월하린 또한 알지 못하겠다는 듯이 말했다.

사실 맹주와 그녀와의 사이에 나눌 비밀 대화 같은 게 존재할 리 없었다. 이렇게 초대를 받아 무림맹에 와 있긴 하지만 실상 월하린은 정파에 속한 무인도 아니지 않은가.

궁금했지만 그건 직접 만나서 이야기를 나눠 보면 알 일이었다.

월하린이 전우신과 아운에게 말했다.

"우선 다녀올게요."

"백호님이 따라가니 별걱정은 안 하지만, 혹시 모르니 조심하시지요."

아운의 말에 월하린이 고개를 끄덕였다.

이야기를 마치자 백호가 나가자는 듯이 고갯짓을 했다. 그녀가 알겠다는 듯이 백호의 옆에 나란히 선 채로 걸음을 옮겼다.

둘은 거처를 빠져나와 맹주가 있는 곳을 향해 움직였다. 빠르게 움직이던 도중 백호가 수상한 점을 발견하고는 말했다.

"왜 사람이 하나도 안 보이지?"

주변이 어둑어둑해진 상태이기는 했지만 이상할 정도로 아무도 모습을 보이지 않았다. 마찬가지로 그 사실을 눈치 채고 있던 월하린이 말했다.

"저희가 가는 길에 무인들이 접근하지 못하게 손을 쓰신 모양이에요. 그렇지 않고서야 이렇게 아무도 만나지 않을 리가 없죠."

"흐음."

"뭔가 비밀을 지키고 싶은 일이 있나 봐요."

단순한 만남에 이렇게 보안을 신경 쓸 이유가 없다. 그만큼 지금 월하린과의 만남이 중요하다는 걸 의미했다.

'대체 뭐지?'

자신과의 만남을 이토록 감춰야 할 정도의 일이 대체 무엇일까? 궁금함이 앞서자 자연스레 둘의 걸음걸이도 빨라졌다.

순식간에 맹주의 거처에 도착하자 기다렸다는 듯이 문을 지키고 있던 무인들이 길을 텄다. 둘은 곧바로 맹주의 거처를 향해 나아갈 수 있었다.

몇 번의 호위무사들을 지나쳐 이내 목적지인 맹주 율무천의 거처에 도달했을 때였다. 마지막 문을 넘어서려는 순간 옆에 있던 무인 하나가 검집으로 백호를 막아섰다.

"들어가는 게 허락된 건 백하궁 궁주님뿐입니다. 당신은 이곳에서 기다리시지요."

예의 바르지만 딱딱한 어투.

마지막 문을 지키는 만큼 실력 또한 빼어난 호위무사다. 자신을 막아서자 화가 난 백호가 눈을 부라릴 때였다.

월하린의 전음이 날아들었다.

『어차피 이 정도 거리면 의미 없잖아요? 무슨 일인지 모르겠지만 저 혼자만 보려고 하는 것 같은데 그냥 다녀올게요.』

백호는 입맛을 다셨다.

월하린의 말대로 어차피 방문 하나 차이다. 오감이 예민한 백호에게는 그리 큰 문제가 될 건 아니었지만 그래도 그는 못내 마음에 들지 않았다.

괜한 문제를 일으키고 싶어 하지 않는 월하린의 입장을 알기에 백호는 불만스럽지만 꾹 참았다.

『알았어. 대신 무슨 일 있으면 바로 신호 보내. 조그마한 소리라도 들리면 당장에 뛰어들어 갈 테니까 말이야.』

백호의 말에 월하린이 웃으며 고개를 끄덕였다.

그가 가까이 있다는 것만으로도 월하린은 아무런 것도 두렵지 않았다. 그녀가 힘찬 걸음으로 문 앞으로 다가가 입을 열었다.

"맹주님, 월하린이에요."

월하린의 말이 나오기 무섭게 안에서 율무천의 목소리가 흘러나왔다.

"들게나."

"그럼 들어가겠습니다."

월하린이 문을 열며 옆에 선 백호를 향해 고개를 끄덕였다. 백호가 팔짱을 낀 채로 방 안으로 들어서는 월하린의 모습을 바라봤다.

월하린은 안으로 들어서며 목소리는 내지 않고 가볍게 입만 벙긋거리며 웃었다. 하지만 백호는 그녀가 무슨 말을 하는지 알 수 있었다.

고마워요, 그리고 걱정하지 말아요. 당신이 있잖아요.

월하린의 소리 없는 말에 백호는 뒷머리를 긁적였다. 왠지 모르게 쑥스러우면서도 믿어 준다는 사실이 기분이 좋기도 했다.

백호는 다시금 팔짱을 끼고는 문에 가까이 기대어 섰다. 그런 그의 모습을 호위무사가 가볍게 흘겨보았지만 백호는 신경도 쓰지 않았다.

방 안으로 들어선 월하린은 책상에 자리하고 있는 율무천을 향해 포권을 취해 보였다. 그러자 율무천이 황급히 자리에서 일어나며 됐다는 듯 양손을 흔들었다.

그가 웃으며 말했다.

"다쳤다고 해서 걱정 많이 했네. 상처는 괜찮은가?"

"견딜 만해요. 다리를 조금 다치긴 했지만 다행히 치명상은 면했어요. 대신 저 때문에 아운 소협이 크게 다쳐서 걱정이에요."

"그 친구도 눈을 떴다는 이야기는 들었네. 불행 중 다행일세."

말을 하며 다가온 율무천이 앉으라는 듯이 의자를 가리켰다. 월하린과 율무천이 마주 앉았다.

자리에 앉은 율무천이 잠시 한숨을 내쉬다가 말을 이었다.

"이야기를 전해 듣고 깜짝 놀랐네. 나를 사칭해서까지 자네를 노릴 줄이야……."

"맹주님의 호위무사에 대해서는 알아보셨어요?"

"물론이네. 내 전해 듣자마자 알아봤지만 이미 찾을 수 없더군. 무림맹에서 흔적도 없이 사라졌어."

월하린에게 찾아와 맹주님이 찾는다는 말을 남겼던 호위무사. 그녀가 더욱 쉽게 그 말을 믿었던 이유는 바로 안면이 있었던 그자 때문이었다.

맹주의 호위무사였던 그자에 대해 곧바로 보고했지만 이미 사라진 후였던 모양이다.

율무천이 믿을 수 없다는 듯이 중얼거렸다.

"직위가 직위다 보니 호위무사는 엄격한 기준을 두고 선별한다네. 그런데 어떻게 그런 자가……."

믿기 어려웠지만 이미 벌어진 일이다.

그랬기에 율무천이 월하린에게 사과의 뜻을 전했다.

"어찌 됐든 간에 무림맹 내에서 벌어진 일이니 내 책임도 분명 있다고 생각하네. 위험에 빠지게 해서 정말 미안하네. 무림맹주로서 다시 한 번 사과하지."

율무천이 진심을 담아 월하린에게 미안하다는 뜻을 전했다. 그리고 그런 그에게 월하린이 괜찮다는 듯이 고개를 저었다.

우선 사과의 뜻을 전한 율무천이 이내 월하린을 빤히 바라보다 전음을 날렸다.

『내 자네를 찾은 건 다른 이유가 있어서네.』

'드디어······.'

전음이 날아드는 순간 월하린은 기다렸던 것이 왔다는
걸 느꼈다.

애초부터 이런 사과나 하자고 부른 게 아니라는 것 정도
는 알고 있었다. 사과를 하려 했다면 굳이 자신만 오게 할
이유는 없었으니까.

월하린이 율무천을 향해 전음을 보냈다.

『뭔가 부르신 이유가 있다는 것 정도는 알고 있었어요.』

『내 길게 이야기할 시간이 없으니 짧게 이야기하도록 하지.
내가 이렇게 자네를 부른 건 하나 부탁할 게 있어서일세.』

『부탁이라면······?』

『어떤 물건이 하나 있는데 그걸 자네가 맡아 줘야 할지
도 모르겠군. 무림맹의 운명이 걸린 아주 중요한 것이라
말일세.』

무림맹의 운명이 걸렸다는 말에 월하린이 놀란 표정을
지어 보였다.

율무천이 월하린에게 맡기려는 물건이 생각보다 중요한
것으로 보였고, 또 그런 걸 자신에게 맡기려 한다는 것도
이해가 가지 않았다.

그랬기에 월하린이 물었다.

『그토록 중요한 거라면 맹주님께서 직접 맡으시는 게 좋지 않을까요? 아니면 화산파의 장문인도 계시고요. 왜 정파도 아닌 저에게…….』

『나는 그 물건을 맡을 수 없다네.』

율무천이 웃어 보였다.

왜 맡을 수 없냐는 듯 바라보는 월하린의 시선에 율무천은 여전히 미소를 머금은 채로 전음을 날렸다.

『곧 죽을지도 몰라서 말이야.』

대수롭지 않다는 듯 말했지만, 그 말에 월하린이 놀라 자리에서 벌떡 일어났다.

그녀가 자리에 선 채로 전음을 날렸다.

『지병이라도 있으신 건가요?』

『아니, 건강하네.』

『그런데 왜…….』

『이 자리에 있다 보면 저절로 알게 된다네. 내가 언제 죽을지 정도는.』

『설마 누군가가 맹주님의 목숨을 노리는 건가요?』

월하린의 질문에 율무천은 고개를 끄덕였다.

뭐 놀라울 일도 아니다. 비단 최근뿐만이 아니라 아주 오래전부터 계속되어 온 일이니까.

율무천의 전음이 이어졌다.

『물론 내가 말하는 건 내가 죽었거나 실종되었을 때 부탁하는 거라네. 어찌 아는가? 운이 좋아서 내가 그들의 계략에서 살아서 돌아올지 말이야. 그렇게 되면 굳이 자네는 내 부탁을 들어주지 않아도 된다네.』

『무슨 말씀이신지는 알겠어요. 다만 왜 하필 그게 저인지…….』

『뭘 생각하는지 알고 있네. 자네는 내 완벽한 편이 아니지. 그래서 부탁하는 걸세. 모두가 예측할 수 있는 자들은 오히려 그들의 감시망을 피할 수 없을 테니까.』

율무천은 점점 다가오고 있는 그림자회의 손길을 느끼고 있었다. 항상 몸을 감추고 있던 그들이 본격적으로 움직인다는 것도 알아차렸다.

그 말은 곧 그들이 승리할 수 있다는 확실한 자신감을 가졌다는 걸 의미했다.

그게 무엇인지는 잘 모르겠지만 율무천 또한 그냥 당해 줄 생각만은 없었다.

일부러 율무천은 백하궁과 자주 접촉했다.

그리고 그 모습을 주변에 흘리기까지 했다. 처음엔 그 모습을 수상쩍게들 봤지만, 이내 그것이 맹주의 교란작전이라고들 생각하기 시작했다. 너무 대놓고 드러내니 뭔가를 감추기 위한 눈속임이라 여긴 것이다.

허나 그것이 율무천의 노림수였다.

물론 월하린에게 부탁하는 게 중요한 것이긴 했지만 그렇다고 해서 그녀에게 큰 걸 시키려는 건 아니었다.

율무천이 부탁하는 건 간단했다.

『아까 말한 대로 만약에 내게 무슨 일이 생기면 내가 부탁한 물건을 소림사의 혜선에게 가져다주게. 그거면 되네.』

오랜 시간 백하궁을 살폈다.

아니, 정확히 말하자면 월하린이라는 인물을 예의 주시했다. 그녀의 성품이나 행동 하나하나를 전해 들었다.

그리고 이내 결정을 내린 것이다.

최소한 그녀라면 그림자회와 한통속은 아닐 거라는 판단이 들어서다.

오히려 그림자회와 관련된 이들을 수차례나 곤란하게 만든 것이 월하린이다. 그랬기에 율무천은 이 간단하지만 중대한 일을 그녀에게 부탁하고자 하는 것이다.

율무천이 놀라 서 있는 월하린에게 재차 전음을 보냈다.

『부담스러울 거라는 걸 아네. 하지만 이것 하나만 알아주게. 내가 하는 이 행동은 나를 위해서가 아니라 정사를 비롯한 모든 무림인들을 위한 행동일세. 그들의 목숨이 걸린 일이야.』

정사 무림인들의 목숨이 걸렸다는 말에 월하린의 표정이 더욱 심각해졌다.

대체 무슨 일이 벌어지고 있는 것일까?

월하린이 복잡한 얼굴로 물었다.

『죽을 걸 아신다면 살 방도를 찾으실 수 없으신 건가요?』

『……있지.』

분명 살 방도는 있다.

다만 알면서도 율무천은 살 방도를 따라 움직이지 않고 있었다. 그 이유는 하나였다.

『내가 살려고 하면 놈들이 머리를 드러내지 않을 테니까. 내가 목숨을 걸어야 그때 놈들의 진짜 머리통이 드러날 걸세. 그걸 위해…… 내가 죽어야 하네.』

『이게 맹주님께서 목숨을 걸어야 할 정도의 일인 건가요?』

『말하지 않았는가. 모든 무림인들의 목숨이 걸렸을지도 모르는 일이라고. 그러니 나 하나 죽어 그들을 살려야 하지 않겠는가.』

이야기를 들으면 들을수록 월하린의 마음은 복잡해졌다. 그녀의 표정에서 마음을 알 수 있었는지 율무천이 슬픈 미소를 머금었다.

『미안하네. 자네에게 부담을 주게 되어 버렸군.』

『······그 물건만 전해 주면 되는 건가요?』

월하린이 결정을 내렸는지 되물었다.

그런 그녀의 모습에 율무천이 화색을 띠며 고개를 끄덕였다.

그러고는 말했다.

『고맙네! 자네 덕분에 내 죽더라도 마음 편히 갈 수 있겠군. 아까 말한 대로 만약에 내가 죽거나 실종되면 그 물건을 찾아 혜선에게 부탁하네. 혹여나 그 전에 먼저 그걸 찾아서는 아니 되네.』

월하린이 물었다.

『그렇다면 제가 전해 줘야 할 물건은 어디 있죠?』

월하린의 질문에 율무천이 손가락을 탁자에 가져다 대고는 천천히 움직였다. 그는 손가락으로 탁자에 글씨를 적었다.

율무천의 손가락이 말했다.

보름달이 뜨는 은행나무에 걸린 사람. 그 오른쪽 절름발이 사람에게 내가 남긴 물건이 있다네.

두 사람이 주고받는 전음이라도 혹여나 새어 나갈지 모른다 생각한 율무천은 손가락으로 그곳의 위치를 적은 것이다.

암호 같은 말을 전한 율무천이 씨익 웃으며 다시 전음을
보냈다.

『자네라면 어렵지 않을 걸세. 다만 내가 죽기 전까진 이
일은 자네도 잊어 줬으면 하는 마음이라 이처럼 남겼네.
그저 이 암호만 기억해 두었다가 내가 죽거든 그때부터 고
민해 주게나.』

월하린이 고개를 끄덕였다.

율무천이 웃으며 일상적인 대화로 돌아갔다.

"차 한잔 하겠는가?"

＊　　　＊　　　＊

아운이 일어난 지 며칠의 시간이 지났다.

그동안 무림맹에서도 적지 않은 일들이 있었다. 맹주를
사칭하는 이로 인해 월하린이 부상을 당하게 된 일을 계기
로, 맹 내부의 경비가 더욱 강화됐다.

그뿐만이 아니다.

맹에 속한 무인들 개개인에 대한 다시 한 번의 조사가
착수되었고, 어딘가 의심스러운 부분이 있는 자들은 맹 내
부로 방출하거나 아니면 심문을 하는 일도 벌어졌다.

그로 인해 맹 내부의 분위기는 어딘지 모르게 흉흉했지만, 무림맹주인 율무천은 그런 것에는 아랑곳하지 않고 일을 진행시켰다.

적어도 월하린에게 큰 임무를 맡긴 지금부터 그녀의 안위는 율무천에게도 무척이나 중요했다.

그리고 마지막으로 벌어진 건 다름 아닌 허규의 처분이었다.

다른 일들은 남 일처럼 관견하고 있던 백호 일행에게도 허규의 처분은 커다란 사건이었다. 허규의 처분에 대해 전해 들은 전우신이 헐레벌떡 일행들이 있는 곳으로 돌아왔다.

이제 간신히 몸을 일으키기 시작한 아운이 있는 곳에 이미 다른 이들도 자리한 상태였다. 방으로 들어선 전우신이 급히 말했다.

"이야기 들으셨습니까?"

"무슨 이야기?"

"허규의 처분이 내려졌답니다."

되묻는 백호에게 전우신이 자신이 이토록 다급하게 온 이유를 밝혔다. 허규의 처분이 내려졌다는 말에 침상에 걸터앉아 있던 아운의 눈동자가 낮게 떨렸다.

모두의 시선이 전우신의 입으로 집중됐고, 그가 천천히 입을 열었다.

"단전을 폐하고, 오십 년 동안 감옥에 갇힌답니다. 그리고 그의 문파인 일도문을 각개 분리하여 무림맹 산하의 지부로 배출한다고 하더군요. 앞으로 다시는 그 이름을 쓸 수 없게 말이죠."

"그런 놈을 살려 둔다고?"

백호가 불만족스럽다는 듯이 말했다.

하지만 월하린의 생각은 달랐다. 이건 엄청난 처벌이다.

단전을 폐하면 무인으로서의 삶은 끝난 것이고, 오십 년이나 갇혀 있다면 그의 나이를 감안할 때 결코 살아서 햇빛을 보지는 못한다는 소리다.

더군다나 일도문을 갈가리 찢어서 다시는 그 이름을 쓰지 못하게 했다는 건 무림 역사에 허규의 이름조차 남기지 않겠다는 걸 의미했다.

허규의 남은 생도, 그리고 그가 꿈꾸었던 미래까지도 모두 부숴 버린 것이니 이 어찌 가벼운 형벌이라 할 수 있겠는가.

차라리 허규 하나가 죽는 것으로 끝났다면 그것이야말로 가벼운 벌이었으리라.

다만 그걸 판단해야 할 사람이 월하린은 아니라는 거다.

그녀의 시선이 자연스럽게 아운에게로 향했다.

이마를 감싼 두건을 매만지던 아운이 모두의 시선을 느

껐는지 실실 웃었다.

"왜들 그렇게 보십니까?"

"예상대로 죽이지는 않는 것 같다. 괜찮겠어?"

"뭐, 나야."

아운이 어깨를 으쓱했다.

그런 놈이 살아간다는 게 조금 마음에 들지 않기는 한다. 죽어 가는 아버지에게도 맹세하지 않았던가. 자신의 손으로 직접 그놈을 죽이겠다고.

하지만…… 이제 됐다.

자신을 걱정스럽게 바라보는 이 시선들 때문에 아운의 마음에 쌓였던 분노가 많이 희석되어 버렸으니까.

"하하, 전 괜찮으니 다들 그렇게 안 보셔도 됩니다. 놈이 살아 있다는 게 조금 불만족스럽긴 하지만, 그래도 그놈만 죽이는 것보다 일도문까지 없앨 수 있으니 이게 더 나은 건가 싶기도 하고 말이죠. 사실 이것보다 낮은 처벌을 줄 것 같았는데 무림맹에서 나름 수위를 높였군요. 정파 놈들치고는 나름 정의로웠다 생각되니 이걸로 됐습니다."

"이 자식. 아직도 말투가 왜 그러냐?"

"그럼 하루아침에 좋게 보리?"

곧바로 투덕거림을 시작하는 두 사람을 말없이 바라보며 월하린은 미소 지었다.

그녀가 백호의 귓가에 입을 가져다 대며 작게 속삭였다.

"저 두 사람 또 시작이네요."

"시끄러워질 것 같은데."

"싸우게 나가 주죠, 우리가."

"그럴까?"

싸움을 말리기는커녕 오히려 싸우게 두자며 이야기를 나눈 둘이 자리에서 일어났다. 그러고는 여전히 말다툼을 벌이는 두 사람을 뒤로한 채로 조용히 방을 빠져나갔다.

방을 빠져나온 두 사람은 산책이라도 할 겸, 거처의 옆으로 이어진 긴 정원으로 발을 들여놓았다. 정원을 거닐던 도중 백호가 입을 열었다.

"여기도 슬슬 질리네."

"돌아가고 싶어요?"

"당연하지. 맘에 안 드는 것투성이야. 당과 가게도 말이야, 여러 개가 있으면 뭐해? 백하궁 근처에 있는 당과 가게보다 맛도 못 하고."

백호가 투덜거렸다.

이 근방에서 파는 당과들도 그리 나쁘지 않았지만, 오랫동안 먹어 왔던 그 맛이 그리운 모양이다. 백호가 당과를 생각하며 입에 고인 침을 삼켰다.

"돌아가면 산처럼 쌓아 놓고 먹어야지."

"그렇게나 많이 먹으려고요?"

한다면 하고야 마는 백호의 성격을 이젠 너무나 잘 아는 월하린으로서는 그 말이 결코 과장으로만 들리지 않았다. 그런 월하린의 표정에 백호가 히죽 웃으며 말했다.

"왜? 돈 많이 나올까 봐 걱정되냐?"

"뭐…… 아니라곤 못 하겠네요."

히죽거리는 백호를 보며 월하린 또한 웃으며 농담처럼 받아쳤다.

그러고는 이내 그녀가 말을 이었다.

"생각보다 너무 오래 이곳에 있는 게 갑갑하긴 하겠지만 조금만 참아요. 아운 소협의 몸 상태로 장거리 여정은 아직 무리라서요."

"쳇. 널 구하다 다친 것만 아니라면 마차 꽁무니에라도 매달고 가는 건데."

"풋!"

월하린은 백호의 말에 입을 가리며 웃음을 터트렸다. 그렇게 웃는 월하린을 뒷짐을 진 채로 바라보던 백호가 말했다.

"넌 좀 어때?"

"저요?"

월하린이 발목을 이리저리 움직여 보이며 웃어 보였다.

"멀쩡해요."

멀쩡하다 말했지만 아직까지도 종종 절뚝거릴 정도로 월하린의 부상 또한 깊었다. 발목을 관통당했으니 어찌 가벼울 수 있겠는가. 뼈가 다치지 않은 것이 불행 중 다행이다.

아무렇지 않다는 듯 걷고 있는 월하린을 보던 백호가 갑자기 너무 신경이 쓰였는지 그녀의 앞으로 다가가 허리를 굽혔다.

놀란 월하린이 무릎을 굽힌 백호를 내려다볼 때였다. 백호가 고갯짓을 하며 말했다.

"업혀."

"네? 업히라고요?"

분명히 들었지만 월하린이 재차 물었다.

그러자 백호가 고개를 끄덕였다.

"응. 생각해 보니까 그 다리를 하고 돌아다니는 건 미친 짓인 것 같아."

"괘, 괜찮……."

월하린이 더듬거리며 사양의 뜻을 전했지만 백호는 일일이 허락을 구하는 사내가 아니었다. 그는 괜찮다며 사양하는 월하린의 팔을 잡아당기며 억지로 등에 그녀를 업었다.

놀란 월하린이 채 무슨 말을 하기도 전에, 그녀를 업은 백호가 자리에서 일어났다.

엉거주춤 등에 매달린 월하린을 향해 고개를 놀린 백호

가 말했다.

"뭐해? 목 확 껴안아."

"저기……."

"이대로 걷다가 떨어지고 싶어?"

"아뇨. 그건 아니지만."

월하린이 붉어진 얼굴을 힘겹게 감출 때였다. 백호가 천천히 앞으로 걸음을 옮기며 말했다.

"난 산책을 하고 싶은데 네 발목이 이러면 같이 못 걷잖아. 그러니까 잡으라고."

"알겠어요."

월하린이 못 이기는 척 천천히 백호의 목에 손을 둘렀다. 백호는 월하린이 자신의 등에 바짝 기대자 자신도 모르게 히죽 웃었다.

그녀의 체온이 등 뒤에서 따뜻하게 느껴져 왔다.

백호는 이상하게 기분이 들떴다.

"봐 봐. 날도 추운데 이러고 있으니 따뜻하고 좋잖아?"

"그러게요. 이렇게 따뜻할 줄 알았으면 미리 업힐 걸 그랬어요."

월하린은 백호의 등에 조심스레 자신의 볼을 가져다 댔다. 따뜻하고 푸근했다. 그의 넓은 등, 그리고 자신의 얼굴을 간질이는 새하얀 머리카락까지.

그저 등에 기대었을 뿐이거늘 이토록 마음의 안정이 찾아오는 건 왜일까?

월하린이 백호의 등에 기댄 채로 조용히 눈을 감았다.

'어쩌죠? 점점 더 당신이 좋아지면.'

월하린이 눈을 감은 채로 입을 열었다.

"큰일이네요."

"뭐가 큰일인데?"

"너무 따뜻해서…… 못 떨어질까 봐요."

차마 솔직하게 말할 수 없는 마음.

그런 그녀의 말에 백호가 대답했다.

"그렇게 좋냐?"

월하린은 대답 대신 고개를 끄덕였다. 등에 얼굴을 대고 있는 탓에 보이진 않았어도 백호는 그런 그녀의 움직임을 알 수 있었다.

잠시 입을 닫고 있던 백호가 천천히 말했다.

"그게 뭐가 걱정이야. 그렇게 좋으면 평생 업어 줄게."

백호의 말에 등에 볼을 붙이고 있던 월하린은 자신도 모르게 눈물이 핑 도는 것 같았다. 정말 그래만 준다면 얼마나 좋을까. 그녀는 애써 감정을 추스르며 억지로 밝은 목소리로 말했다.

"정말요? 저 꽤 무거울 덴데요."

"무겁긴. 무거워 봤자 저기 있는 돌멩이보다 무겁겠냐?"

백호가 턱으로 전방에 있는 커다란 돌을 가리키며 말했다. 그가 가리킨 바위는 무척이나 커다랬다. 내부를 장식하는 바위는 그 크기가 무려 장정 서넛 정도는 붙여 놓았을 법하게 컸다.

월하린이 억울하다는 듯이 말했다.

"저런 바위랑 비교될 정도예요?"

"아닌가?"

"당장 내려 줘요. 당장요!"

월하린이 내리겠다는 듯이 등 뒤에서 바둥거렸고 그런 그녀를 백호는 더욱 강하게 잡아당겼다. 백호가 황급히 말했다.

"장난이야, 장난! 깃털 같아. 떨어지니까 가만히 좀 있어."

백호의 그 말에 월하린이 움직임을 멈추고 되물었다.

"정말이죠?"

"정말이라니까. 속고만 살았냐?"

백호는 다시금 등에 기대는 월하린의 감촉에 안도의 한숨을 내쉬었다. 그녀를 업은 채로 걸음을 옮기던 백호가 물었다.

"그런데 정말 내리려고 했어?"

"아뇨. 이렇게 편한데 왜 내리겠어요."

"그럼 방금 내리겠다고 난리 친 건 뭐야?"

"글쎄요."

등 뒤에서 웃는 월하린의 목소리에 백호가 투덜거렸다.

"하아, 인간 주제에 날 아주 들었다 놨다 하는군."

투덜거리긴 했지만 백호의 목소리 또한 그리 기분 나쁜 기색은 없어 보였다. 유쾌한 듯한 백호의 목소리는 지금 그의 기분을 말해 주고 있었다.

긴 정원을 그렇게 둘이 하나가 되어 거닐고 있을 때였다.

단둘뿐인 정원에 다른 이가 모습을 드러냈다.

인간과는 확연히 다른 이절적인 느낌을 풍기는 둘, 바로 주작과 현무였다.

백호를 만나기 위해 이곳에 찾아온 둘은 이내 그를 발견했다. 주작이 반가운 듯이 손을 들어 올려 휘저으며 소리쳤다.

"백호! 여기……."

쾌활하게 소리치던 주작의 목소리가 점점 작아졌다. 그녀의 눈에 백호의 등에 업혀 있는 월하린의 모습이 들어온 탓이다.

월하린을 업고 있는 백호를 본 주작의 얼굴이 일그러졌다. 그리고 매한가지로 옆에 있던 현무 또한 놀란 표정을 지어 보였다.

눈으로 보고도 믿을 수가 없었다.

'저 안하무인이 인간을 업고 다닌다고?'

등 뒤에 인간 여인을 업고, 뭐가 그리도 좋은지 뒤를 보며 연신 대화를 나누는 백호의 모습은 현무가 알던 그의 모습이 아니었다.

주작의 외침에 그들의 존재를 확인한 백호의 시선이 정면으로 향했다.

그가 표정을 구겼다.

백호와 마찬가지로 둘의 존재를 확인한 월하린 또한 화들짝 놀랐다. 가까이 다가오는 둘을 본 월하린이 백호의 등 뒤에서 내리려고 할 때였다.

"괜찮으니까 가만히 있어."

"그렇지만……."

"괜찮다니까?"

백호는 내리려고 하는 월하린을 업은 채로 앞으로 걸어갔다.

둘의 지척까지 다가간 백호가 월하린을 업은 채로 말했다.

"무슨 일이냐?"

"너 지금 이게 무슨 꼴……."

주작이 말을 잇기가 힘든지 입술을 깨물었다. 그러던 와중에 어색하게 등 뒤에 업혀 있던 월하린이 둘에게 인사를 건넸다.

"안녕하세요."

"……월 궁주?"

"네. 현무시죠?"

"그렇소."

현무에 대해서 듣기는 했지만 직접 이렇게 보는 건 처음이었다. 그렇게 두 사람이 간단하게 서로의 통성명을 했을 때였다.

백호와 그에게 업혀 있던 월하린을 뚫어져라 보고만 있던 주작이 입을 열었다.

"그러고 있을 거야?"

"뭘?"

"계속 그 인간 여자 업고 있을 거냐고."

"네가 뭔 상관인데."

"지금 네 꼴을 봐. 창피하지도 않아?"

주작의 말에 월하린이 황급히 백호의 등 뒤에서 내리려 했다. 그렇지만 백호는 그러지 말라는 듯 손으로 더 강하게 그녀를 잡았다.

백호가 히죽 웃었다.

"하나도 안 창피한데?"

"너……."

"됐고. 무슨 일이야."

백호가 주작의 말을 잘랐다.

주작이 화를 꾹 참으며 힘겹게 말을 내뱉었다.

"슬슬 가야 할 것 같아서."

"그래? 알았어."

말을 마친 백호는 그대로 휭 하니 둘을 스쳐 지나갔다.
그런 백호의 행동에 주작이 화가 난 듯이 몸을 돌렸다.

"그게 다야?"

"알았다고 했잖아. 다른 게 뭐 더 필요하냐? 잘 가라고
인사라도 해 줄까?"

백호가 고개를 돌리며 표정을 구겼다.

월하린과 대화를 나누던 때와는 확연히 달라진 얼굴. 그
의 얼굴에는 짜증이 가득했다. 그런 백호의 모습에 주작은
더욱 기분이 불쾌해졌다.

주작의 새빨간 입술이 꿈틀거렸다.

"우리끼리 할 말이 있어. 그러니까 잠시 그 여자 보내
고……."

"월하린이 들으면 안 되는 이야기냐?"

"꼭 같이 들어야 할 이유는 없잖아?"

"그럼 나도 됐다. 월하린이 못 들을 이야기라면 나도 들
을 필요 없거든."

퉁명스레 말을 내뱉은 백호가 다시금 몸을 돌렸다.

그런 그의 행동에 화가 난 주작이 참지 못하고 소리쳤다.

"백호! 그 하찮은 인간 때문에 나한테 이럴 거야?"

"하찮은 인간이라고?"

주작의 말에 백호가 고개를 돌렸다.

싸늘하게 가라앉아 있는 백호의 시선을 마주하는 순간, 주작의 폭발할 것 같이 치밀었던 화가 거짓말처럼 사라졌다.

백호의 두 눈동자에서는 당장이라도 주작을 찢어 죽일 것만 같은 진득한 살기가 흘러넘쳤다. 그는 차가운 눈으로 주작을 응시하며 말했다.

"운 좋은 줄 알아라, 주작. 너니까 한 번 용서해 주는 거다. 만약 다른 놈이 그렇게 지껄였다면 이미 그놈은 이 바닥을 기고 있었을 테니까. 그러니 다시는 내 앞에서 월하린에 대해 함부로 지껄이지 마라."

"……."

백호의 행동에 주작은 아무런 말도 하지 못했고, 이들의 분위기가 좋지 않음을 느낀 월하린이 그만하라는 듯 백호의 옷깃을 슬며시 잡아당겼다.

백호는 그런 월하린의 마음을 알았는지 살기를 거뒀다.

그때 입을 닫고 있던 현무가 말했다.

"주작이 하려던 말을 내가 대신하지."

백호가 현무를 향해 시선을 돌렸다. 눈이 마주치자 현무가 입을 열었다.

"해야 할 일이 있다. 그러니 우리와 함께하자."

현무의 말에 백호의 등 뒤에 업혀 있는 월하린이 놀란 듯 두 눈을 크게 치켜떴다. 그렇지만 그녀가 놀라 버린 감정을 추스르기도 전에 백호가 답했다.

"싫어."

"……."

"할 말 끝났지? 그럼 간다."

말을 마친 백호는 아무런 미련도 없다는 듯 고개를 돌리고는 월하린과 함께 다시금 정원의 길을 걸어 나갔다.

멀어져 가는 둘을 바라보는 주작은 분을 참지 못하고 부들부들 떨었다.

그녀가 화가 난 목소리로 중얼거렸다.

"미쳤어. 백호 저놈 완전히 미쳤다고. 인간을 업고 다닌다고? 천하의 백호가?"

"……그래. 미친 것 같군."

"하아, 그나저나 어떻게 하지? 백호가 합류하지 않는다고 하는데."

"어쩔 수 없지. 그렇다고 해서 계획을 늦출 수는 없으니까."

현무가 말을 마치고는 가만히 옆에 있는 주작을 바라봤다. 그녀는 백호가 사라진 방향을 아련히 바라보면서 입술을 깨물고 있었다.

　피가 나는지도 모르는지 그대로 서 있는 주작을 바라보던 현무가 망설이다 입을 열었다.

　"걱정하지 마. 늦든 빠르든…… 어차피 백호는 우리와 함께하게 될 테니까."

제4장. 변고
― 당장 나갈 채비를 해야겠군

"하아, 지치는군."

무림맹주 율무천이 의자에 기대며 길게 한숨을 내쉬었다. 하루 종일 봐도 끝이 안 날 것 같은 서류들이 계속해서 쏟아져 들어온다.

몸이 두 개만 되어도 좋으련만, 아쉽게도 그건 인간에게 불가능한 일이었다.

피곤한지 잠시 자신의 눈꺼풀을 꾹꾹 누르던 율무천은 다시금 서류로 눈을 돌렸다. 무척이나 피곤했지만 쉴 수는 없었다.

'자, 그럼 다시 시작해 볼까.'

찌뿌둥한 몸을 가볍게 푼 그가 서류에 적힌 사안들을 확인하기 시작할 무렵이었다.

서류에 눈을 고정하고 있던 율무천의 입이 열렸다.

"무슨 일이냐."

아무도 없어 보이는 방 안에 율무천의 목소리가 울리자, 보이지 않는 어딘가에서 다른 이의 목소리가 흘러나왔다.

"손님이 찾아왔습니다."

"쯧, 지금 할 일이 이리도 많은데."

율무천이 가볍게 혀를 찼다.

꽤나 늦은 시간, 그리고 중요한 업무들을 처리하고 있는 와중인지라 율무천은 딱히 시간을 낼 생각이 없었다.

율무천이 물었다.

"누구더냐?"

"백하궁의 궁주입니다."

"월 궁주?"

정체가 누군지 아는 순간 율무천의 눈동자가 변했다. 대부분의 이들이라면 지금 만날 이유가 없었지만, 그녀라면 이야기가 조금 다르다.

몸을 감추고 있던 호위무사가 말했다.

"그럼 돌려보내도록……."

"아니, 그녀라면 사전에 약속이 있었다. 들어오게 해 주어라."

"알겠습니다."

짧게 말을 마친 호위무사의 움직임이 사라졌다. 그러고
는 이내 굳게 닫혔던 맹주의 방문이 열렸다. 열린 문을 통
해 모습을 드러낸 여인, 월하린이었다.

그리고 그런 월하린의 뒤쪽에는 백호가 자리하고 있었다.

백호는 가볍게 율무천을 한 번 바라보고는 이내 문을 닫
았다. 그러고는 마치 이곳을 지키기라도 하는 것처럼 입구
에 선 채로 주변을 살폈다.

문을 닫고 들어서는 월하린을 보며 율무천이 반갑게 맞
이했다.

"허허, 왔는가?"

"너무 늦은 시간에 찾아뵙네요. 결례가 아닐까 싶었지만
아무래도 맹주님을 뵙기에는 이런 시간이 좋을 것 같아서요."

"잘 왔군그래. 그나저나 오늘도 저 친구랑 함께로군."

율무천이 백호가 서 있는 방향을 바라보며 말했다.

문밖에서 호위무사처럼 자리를 지키고 서 있을 백호의 모
습이 눈에 선하다. 그런 율무천의 말에 월하린이 대답했다.

"이번에도 저만 들어오게 하실 것 같아서 미리 말을 해
뒀거든요. 그래도 제가 걱정되는지 쫓아와서 저렇게 기다
려 주네요."

"든든하겠군그래."

"물론이죠."

월하린이 웃으며 대답했다. 그런 그녀를 인자한 표정으로 바라보던 율무천이 이내 본론으로 들어갔다.

"찾아온 용건이 있는가?"

"내일 무림맹을 떠나려 해요."

"결국…… 떠나기로 정한 겐가?"

월하린의 말을 들은 그가 손으로 턱을 어루만졌다. 사실 일전에 만났을 때도 이곳 무림맹에 남아 있어 달라는 부탁을 했다.

아무리 그래도 이곳 무림맹이 제일 안전하지 않겠느냐는 생각 때문이었다.

허나 그런 율무천의 청을 월하린이 거절한 것이다.

그녀가 송구하다는 표정을 지어 보인 채 말했다.

"네, 백호가 워낙 이곳을 답답해하기도 하고, 백하궁도 이대로 놔두기엔 할 일이 있어서요."

"그렇군그래."

율무천은 고개를 끄덕였다.

아직까지도 그녀가 무림맹에 남는 게 조금 더 낫지 않을까 싶긴 하지만 떠난다고 해서 무조건 나쁜 것만은 아니다. 오히려 무림맹 바깥으로 나가는 것이 자신을 감시하는 이들로부터 자유로울 수 있다.

더군다나 그녀의 곁에는 저렇게 항시 붙어 다니는 존재도 있었다.

백호, 그러면 웬만한 자로는 상대조차 하지 못할 것이다.

율무천이 월하린을 향해 전음을 보냈다.

『이곳에 있으면 좋겠지만 자네의 뜻이 정 그렇다면 그리 하도록 하게. 좀 걱정이 되긴 하지만…… 저 친구가 있으니 별일 없을 거라 믿네.』

『배려해 주셔서 감사합니다. 그리고 맹주님도 별일 없으실 거예요. 너무 걱정 마시고 나중에 또 봬요.』

『허허, 그럴 수만 있다면야 얼마나 좋을꼬.』

율무천은 쓸쓸한 미소를 지어 보였다.

월하린의 말대로 정말 이대로 아무런 일 없이 평화롭게만 흘러간다면 그보다 더한 소원은 없었다. 그렇지만 율무천은 알고 있었다. 결코 그런 일은 벌어지지 않을 것이라는 걸.

그랬기에 자신의 죽음을 대비해 월하린에게 전언을 남긴 것이 아니던가.

전음을 끝마친 율무천이 입을 열었다.

"조금 더 오래 보고 싶었거늘 아쉽게 되었군. 문밖에 있는 백호라는 친구도 잠깐 들어오지 그러나."

백호를 호명하자 기다렸다는 듯이 닫혔던 문이 드르륵

열렸다. 문밖에 있던 맹주의 호위무사가 예의 없는 백호의 행동에 당황한 얼굴로 그를 막아서려고 할 때였다.

율무천이 괜찮다는 듯 고개를 저었다.

백호는 전혀 눈치도 보지 않으며 방 안으로 걸어 들어왔다.

그가 아무렇지 않게 자리에 앉았다.

거침없는 백호의 행동이 기분 나쁠 법도 하련만 율무천은 그저 웃는 얼굴로 그를 바라봤다. 백호가 당과를 문 채로 뚱하니 율무천을 향해 시선을 돌렸다.

율무천이 입을 열었다.

"자네는 이곳 무림맹이 맘에 안 드나보군."

"당과도 별로고, 이곳보다는 백하궁이 월하린에게 더 안전한 것 같아서 가는 겁니다."

백호의 대답에 율무천이 끄덕거렸다.

율무천이 백호의 손에 갑자기 자신의 손을 얹었다. 그런 율무천의 행동에 백호가 인상을 구기며 손을 빼려고 할 때였다.

"월하린을…… 부탁하네."

진지한 눈빛으로 자신을 바라보는 율무천의 시선을 잠시 마주하던 백호는 이내 손을 뺐다. 그러고는 아무렇지 않게 말을 받았다.

"영감님이 안 그래도 그럴 거요."

영감님이라는 호칭에 월하린이 놀란 듯이 율무천의 눈치를 살필 때였다.

다소 기분이 상할 법도 하련만 율무천은 오히려 웃고 있었다. 율무천은 월하린의 눈빛을 알아차리고는 오히려 괜찮다는 듯이 다독였다.

"허허, 괜찮네. 이미 주기진에게 들었거든. 화산파의 장문인한테도 영감이라 부른 친구인데 나라고 뭐 다를까."

"죄송해요."

"아닐세. 영감한테 영감이라 부른 게 뭐 그리 잘못이라고."

"호탕한 게 맘에 드는군요."

백호가 히죽 웃으며 말했다.

사실 처음 만났을 때부터 얼마나 싸워 보고 싶던 상대였던가. 예전이라면 앞뒤 가리지 않고 싸우고 꺾어야만 직성이 풀렸을 백호지만 이제는 아니다.

월하린 그녀가 원하는 일이 아니라는 걸 너무나 잘 알았으니까.

백호의 투기 가득한 눈빛을 마주하며 율무천은 그의 마음을 알 것만 같았다. 자신과 한번 겨루어 보고 싶어 하는 순수한 눈빛이다. 그걸 알지만 불쾌하지 않았다.

이 사내는 너무나 솔직하다.

눈빛이나 말투 그 모든 것이.

자신의 마음을 숨기는 음흉한 자들에 비해 얼마나 당당한가. 더군다나 강한 자와 싸우고 싶어 하는 건 뛰어난 무인의 본능이다.

율무천 또한 어렸을 때는 그래 왔었고, 지금이라 해서 크게 다를 건 없다. 그랬기에 율무천은 백호를 이해했다.

월하린과 백호.

솔직하고 숨김이 없는 이 둘과 자리를 함께하고 있으면, 힘겨웠던 마음이 한결 가벼워지는 듯했다. 율무천은 이들과 더 오래 대화를 나누고 싶은 마음이 가득했지만 아쉽게도 시간이 허락하지 않았다.

율무천이 아쉬운 마음을 감춘 채 작별의 인사를 전했다.

"더 이야기를 나누고 싶지만 밀린 용무가 많아서 이만 해야겠군."

"아, 바쁘신 분을 제가 괜히 잡아 둔 것 같네요. 그럼 저희는 이만 물러가도록 할게요."

"그러게. 내일 떠나는 건 마중하지 못할 것 같군."

"이렇게 뵈었으니 되었어요. 무림맹에 있는 내내 신경 써 주셔서 너무 감사합니다."

"조심해서 가게."

율무천의 말에 월하린이 고개를 끄덕였다.

그녀의 눈빛을 마주하며 율무천은 기분 좋은 표정을 지어 보였다.

'월천후, 여식의 눈이 자네를 빼다 박았군그래.'

월하린이 자리에서 일어나 포권을 취했다. 그리고 그런 그녀를 율무천은 자리에 앉은 채로 가라는 듯이 고개를 끄덕였다.

짧은 인사를 마친 월하린은 백호와 함께 몸을 돌려 궁주의 거처를 빠져나갔다. 문이 열리며 두 사람의 몸이 멀어져 간다.

그리고 그런 둘을 율무천은 가만히 바라보고 있었다.

율무천의 시선이 백호의 등에 박혔다.

'아무리 조사해도 과거 하나 나오지 않는 사내라……. 사실 자네만큼 의심스러운 자가 없다네.'

월하린의 옆에 있는 자이니 그의 정체를 알기 위해 엄청난 조사 인원을 파견했다. 그럼에도 불구하고 백호에 관한 그 어떤 단서도 구하지 못했다.

그랬기에 의심스러웠다.

율무천은 멀어져 가는 두 사람의 모습을 눈에 담았다. 웃고 있는 월하린, 그리고 그런 그녀를 따뜻한 눈빛으로 내려다보고 있는 백호.

가상 믿을 수 없는 자.

하지만…….

율무천이 피식 웃음을 흘렸다.

'가장 믿을 수 없지만 그래도 자네를 가장 믿어야 하겠군.'

자리에서 일어난 율무천이 나지막이 중얼거렸다.

"부탁하네, 월하린. 그리고…… 백호."

중얼거림을 마친 그가 다시금 자신의 책상으로 돌아갔다.

율무천은 쉴 시간이 없었다.

살아 있을 시간이 그리 오래 남지 않았으니까.

                    *   *   *

백호와 월하린이 떠나고 한 시진이 지났다.

잠시 들떴던 마음도 다시금 차분히 가라앉았다. 이미 바깥은 어둑하다 못해 칠흑 같은 어둠에 감싸여 있었다.

모두가 잠들고도 한참은 지났을 시간.

율무천은 자신의 거처에 있는 장원을 거닐고 있었다. 피곤함도 쫓을 겸 유일하게 자유로이 보내는 그만의 시간이었다.

매일 이 시각 이곳 장원을 거니는 것이 무림맹에 갇혀사는 율무천이 가지는 유일한 취미였다.

그의 주변에는 몸을 감춘 다섯 명의 호위무사가 자리하고 있었다.

뒷짐을 지고 걷던 율무천이 발을 멈췄다.

그가 입김이 퍼져 나가는 허공을 바라봤다.

'곧 겨울이 찾아오겠군.'

시간이 화살과도 같다. 쏘아진 화살처럼 시간은 멈출 줄을 모른다. 너무나 빠르게 흘러가는 세월이라는 것이 야속한 율무천이었다.

율무천이 가만히 선 채로 허공을 응시할 때였다.

호위무사 하나가 옆으로 모습을 드러냈다.

"맹주님 밤이 찹니다. 이만 돌아가시지요."

"그러지."

해야 할 일이 아직도 많이 남았기에 율무천은 고개를 끄덕였다.

그가 막 몸을 돌린 직후였다.

삐이익!

아주 낮은 소리가 율무천의 귀를 파고들었다. 호위무사들도 뒤늦게 그 소리를 알아차렸지만, 그들보다 율무천의 반응이 훨씬 빨랐다.

몸을 옆으로 젖힌 율무천의 손이 날아드는 뭔가를 향했다.

타악!

율무천이 재빠르게 잡아챈 것은 조그마한 비도였다.

비도를 확인하는 순간 몸을 감추고 있던 호위무사들이

황급히 율무천의 주변을 둘러쌌다.

그들이 다급히 검을 뽑아 들고 비도가 날아든 쪽으로 달려가려고 할 때였다.

"잠시만."

율무천이 손을 들어 그들의 움직임을 제지했다.

분명 빠른 속도로 날아들긴 했지만 살기가 느껴지지 않았다. 그리고 겨우 이 정도의 공격에 율무천이 당했을 리도 없다.

율무천은 비도 끝에 걸린 조그마한 종이를 바라봤다.

'서찰?'

뭔지 모를 서찰 하나가 비도에 걸려 있었다.

율무천은 비도에 걸린 서찰을 빼내어 그것을 펼쳤다. 침착한 눈으로 서찰을 펼쳤던 율무천이다. 그렇지만 그 안의 내용을 확인하는 순간 그의 얼굴이 돌변했다.

놀람이 가득한 얼굴로 율무천은 서찰을 다시금 확인할 수밖에 없었다.

서찰의 내용을 재차 확인한 그가 그것을 품에 넣으며 입을 열었다.

"당장 무림맹 바깥으로 나갈 채비를 하게."

"예? 이 늦은 시간에 말씀이십니까?"

"그래, 지금 당장."

율무천의 목소리는 단호했다.

위험하다는 말이 목구멍까지 치솟았지만 호위무사는 아무런 말도 하지 못했다. 다른 이도 아닌 맹주의 명이다.

따를 수밖에 없다.

"알겠습니다. 당장 호위대를 편성해서……."

"그럴 시간이 없네. 지금 있는 이들만으로 가지."

"위험하지 않을까요?"

"그리 걱정된다면 맹주의 집무실을 지키는 이들 정도만 더 대동해서 움직이지."

율무천의 집무실을 지키는 자들까지 더해야 고작 열 명 정도. 하지만 지금 이 일에 많은 이들을 대동할 수 없었다.

시간이 없다 말했지만 사실 그것보다는 지금 해야 할 것이 비밀리에 행해야 하는 일이었기 때문에 이 같은 선택을 내린 것이다.

그런 일을 하는 와중에 많은 인원을 소집하고 움직인다면 상대방의 감시에서 벗어날 수가 없지 않은가.

그들의 눈을 감추기 위해서는 최소한의 인원으로 움직여야 한다.

명을 받은 호위무사 하나가 율무천의 집무실로 달려가더니 이내 남은 이들을 데리고 이곳으로 쏜살같이 돌아왔다.

맹주까지 포함한 열한 명의 인원은 곧바로 움직였다.

다급히 움직이고 있는 율무천의 얼굴에는 긴장이나 걱정이 아닌 다른 감정이 꿈틀거리고 있었다.

그것은 희망이었다.

비밀스럽게 호위무사들을 대동한 채로 무림맹을 빠져나가는 율무천의 얼굴에 화색이 돌았다.

'하늘이 우리를 버리지 않았구나. 어찌 이런 일이…….'

예상조차 하지 못한 엄청난 일이 벌어졌다.

＊　　＊　　＊

율무천이 수하들을 대동하고 움직인 곳은 무림맹에서부터 반 시진 정도 떨어져 있는 조그마한 장원이었다. 마을과는 동떨어진 곳에 위치한 장원은 자그마한 강줄기를 끼고 있었다.

한때 벼슬길에 있다 낙향한 이가 지냈다 알려진 이곳은 다섯 개의 건물로 이루어진 곳이다.

주변의 정경이 무척이나 뛰어난 장원 안으로 율무천과 그의 호위무사들이 스며들었다.

움직임은 기민하면서도 은밀했다.

가장 먼저 길을 튼 호위무사들이 주변을 살폈다.

그리고 그런 그들의 뒤로 율무천이 당당한 발걸음으로

걸어 들어왔다.

빠르게 인근을 살핀 호위무사들이 율무천을 중심으로 모여들었다. 그들은 하나같이 아무런 수상한 점을 발견 못했다는 듯이 고개를 끄덕였다.

모두에게 뜻을 전해 들은 호위무사의 수장이 율무천에게 상황을 고했다.

"수상한 움직임은 없는 것 같습니다."

"그래? 그럼 자네들은 근방을 지켜 주게."

말을 마친 율무천이 홀로 장원 안으로 들어서려고 하자 호위무사가 놀라 물었다.

"설마 혼자 가시려는 겁니까?"

"맞네. 그 누구도 안에 들지 못하게 해야 할 게야."

"위험하십니다."

호위무사의 말에 율무천이 고개를 저었다.

그 누구도 믿을 수 없는 지금 이 만남 또한 비밀리에 행해져야만 했다. 일전에 월하린에게 거짓된 정보를 흘려 위험에 빠지게 한 것도 바로 자신의 호위무사 중 하나가 아니었던가.

율무천이 짧게 말했다.

"명령일세."

"……알겠습니다."

맹주가 직접 명령이라 하는데 누가 그 말에 토를 달 수 있을까. 호위무사가 비켜서자 율무천은 곧바로 장원의 문을 열고 안으로 들어섰다.

장원은 오랫동안 사람의 손을 타지 않았는지 꽤나 엉망이었다.

떨어진 낙엽이 장원 안을 어지럽히고 있었고, 오랫동안 손보지 않은 나무들은 사방으로 그 줄기를 뻗어 댔다.

운치 있는 장소에 어울리지 않는 아쉬운 관리였지만 지금은 그 같은 일에 신경 쓸 여력이 없었다.

장원 안으로 들어선 율무천은 이내 조심스럽게 그 안을 거닐었다.

'어디에 있는가?'

마음 같아서 목청 높여 외치고 싶었지만 그러기에는 바깥에 있는 이들의 이목이 신경 쓰인다. 그런 이유로 율무천은 직접 걸으며 자신이 만나고자 하는 이를 찾고 있었다.

천천히 장원 내부를 걷던 그의 발걸음이 멈추어 섰다. 바닥을 바라보고 있던 율무천의 시선이 서서히 우측으로 향했다.

우측에 있는 가장 큰 건물이 눈에 들어온다.

커다란 창고다.

율무천이 가만히 창고의 문에 손을 가져다 대며 밀었다.

끼이이익.

낮은 소리와 함께 창고의 문이 밀려 나갔다.

슬쩍 드러난 창고의 내부는 어두컴컴했다. 그렇지만 율무천 정도의 무인에게 이 정도 어둠은 결코 방햇거리가 되지 못했다.

창고 안은 먼지로 가득했다.

문을 열고 들어서기 무섭게 먼지가 크게 일었다.

시야를 가릴 정도로 뿌연 먼지가 날아오르자 율무천은 가볍게 손을 휘휘 저었다. 창고 안에는 오래전부터 쌓아 놓은 것처럼 보이는 각종 물건들이 자리한 상태였다.

썩어 버린 쌀부대와, 갖은 주방 잡기들.

바닥에 널브러져 있는 주방 잡기들을 밟으며 율무천이 앞으로 나아갔다. 그리고 이내 율무천의 시선이 창고 반대편에 자리하고 있는 이에게 향했다.

이 어두컴컴한 창고 안에 율무천이 아닌 다른 이가 자리하고 있었던 것이다.

고개를 숙이고 있는 상대방을 확인한 율무천이 떨리는 목소리로 입을 열었다.

"자네가 맞는가?"

그 순간 상대가 천천히 고개를 들어 올렸다.

어둠 속에서지만 그 얼굴을 명확하게 본 율무천의 얼굴

에 반가운 기색이 어렸다. 혹시나 함정이 아닐까 하는 일말의 걱정이 순식간에 사라졌다.

"대체 이게 어떻게……."

반가운 마음에 웃으며 상대에게 다가갈 때였다.

걸음을 옮기던 율무천이 움찔했다.

'설마?'

바로 그 찰나 앉아 있던 자가 움직였다.

*　　*　　*

백하궁은 아침부터 분주했다.

돌아가기로 결정을 내리고 며칠 전부터 조금씩 준비를 했다지만, 그래도 나름 오랜 시간 무림맹에서 지내다 보니 뒷정리를 하는 것도 제법 손이 가는 일이었다.

이제는 한결 나아졌는지 지팡이에 의지해 걸어 다니는 아운이 가만히 선 채로, 짐을 나르는 전우신에게 말을 걸었다.

"자꾸 농땡이 피지 말고 빨리빨리 짐 안 날라? 확 엉덩이라도 차 버릴까 보다."

"이 자식이……."

전우신이 짐을 나르던 도중에 멈추어 서서 아운을 흘겨봤다. 환자라는 이유 때문에 그는 이번 일에서 제외됐다.

그거야 큰 불만은 없었지만, 아무런 일도 하지 않는 덕분에 전우신을 졸졸 따라다니며 계속해서 입을 놀려 댔다.

분주히 움직이는 아운을 보며 전우신이 불만스럽게 말했다.

"너 사실 다 나은 거 아니냐? 짐 나르기 싫어서 아픈 척하는 거지? 그렇지 않고서야 다친 놈이 뭘 이렇게 발발거리고 돌아다녀."

"이 지팡이 안 보이냐?"

아운이 지팡이를 높게 들어서는 휘적휘적 흔들어 보였다. 그런 아운의 모습에 전우신이 작게 한숨을 내쉬었다.

"됐다, 인마. 거치적거리지 말고 저리 비켜."

전우신의 말에 아운이 실실 웃어 보였다. 비키라고 말했지만 그 말을 곧이곧대로 들을 아운이 아니었다. 그는 옆에 바짝 붙은 채로 짐을 들고 걷는 전우신의 옆을 따라 걸었다.

아운이 계속해서 입을 놀렸다.

"힘들지? 아이고, 맘이야 너무 도와주고 싶은데 도와주지 못하는 현실이 너무 슬프네. 허리가 조금만 괜찮았으면 같이 들어 주는데 말이야. 그치?"

"넌 허리 말고 그 입이 좀 아프면 안 되냐? 입 좀 닫고 있게."

전우신의 핀잔에도 아운은 말을 멈출 생각이 없는 모양

이었다. 계속해서 옆에서 떠들어 대는 아운을 바라보던 전우신이 기가 찼는지 헛웃음을 흘렸다.

전우신이 웃는 걸 보며 아운이 신이 난 듯 말했다.

"봐 봐, 이렇게 냉혈 인간인 너도 나 때문에 웃으니 일하는 데 얼마나 힘이 나겠어?"

"누가 냉혈 인간이야. 그리고 어이없어서 비웃은 거다."

전우신이 웃음을 싹 거두며 그런 적 없다는 듯이 대꾸했다. 그렇게 두 사람이 투덕거릴 때였다. 어느새 모든 정리를 마쳤는지 백호가 월하린과 함께 다가오고 있었다.

백호가 다가오기 무섭게 한마디 했다.

"야, 매화. 너 짐 안 나르고 노냐?"

"……."

전우신이 억울하다는 듯이 백호를 바라봤다.

그리고 그런 전우신을 보며 아운이 낄낄거리며 웃음을 터트렸다.

웃는 아운을 흘겨본 전우신이 황급히 말했다.

"아닙니다. 저기 있는 짐은 제가 전부……."

"됐고. 남은 짐은 얼마나 되냐?"

백호가 관심 없다는 듯 말을 끊자, 전우신은 더더욱 억울한 표정을 지어 보였지만 이내 긴 한숨과 함께 말했다.

"제가 알기로 저 마차 한 대만 더 채우면 끝날 겁니다."

"그래? 그럼 얼추 끝났네."

"네. 마지막으로 제가 확인만 하면 출발할 수 있을 것 같습니다."

"빨리 마무리 지어. 여기서 농땡이 부리지 말고."

툭 말을 내던진 백호는 아무렇지 않게 마차에 올라탔다. 전우신은 그런 백호에게 어떻게든 자신은 열심히 일했다는 걸 보여 주고 싶었지만, 백호는 그런 것에 신경 쓸 사내가 아니었다.

전우신이 옆에서 얄밉게 웃고 있는 아운을 향해 이를 갈며 말했다.

"이번에도 쫓아다니면서 방해하면 너도 확 접어서 마차 뒤에 실어 버릴 줄 알아."

전우신의 협박에 아운은 어깨를 으쓱하고는 바로 백호와 월하린이 탄 마차로 갔다. 마차에 올라탄 아운은 곧바로 백호와 무슨 이야기를 주고받으며 웃어 댔고, 그런 그들을 보며 전우신은 고개를 저었다.

막무가내 조합이라 생각하며 둘을 바라보던 전우신의 시선이 잠시 백호에게로 향했다.

그리고 전우신의 표정이 이내 진지하게 변했다.

'요괴라.'

알게 된 지 시간이 어느 정도 지났음에도 불구하고 아

직도 쉬이 적응되지 않는다. 요괴라고 해도 백호는 인간과 크게 다르지 않았다.

같이 먹고, 자며 또 같이 웃는다.

이렇게 같은 감정과 삶을 공유하는 존재.

요괴라 해서 인간인 자신들과 무엇이 다르랴.

웃고 있는 백호와 아운을 보며 전우신은 생각했다.

백호의 정체에 대해 화산파에 보고하지 않은 자신의 결정은 틀리지 않았다고.

물론 그 생각은 그리 오래가지 않았다. 가만히 서서 둘을 바라보는 전우신을 본 백호가 창밖으로 고개를 내밀고 소리쳤다.

"야! 매화! 너 계속 노냐?"

"……안 놀았습니다."

모든 준비가 끝나고 백하궁의 무인들은 모두 말에 올랐다. 그들은 머물고 있던 연성각을 벗어나 무림맹의 입구로 향하고 있었다.

그런데…….

달리는 마차 안에서 밖을 바라보던 월하린이 이상하다는 듯 고개를 갸웃거렸다.

뭔가 분위기가 무겁다.

사방으로 많은 무인들이 뛰어다니고 있고, 뭔가 그들의 얼굴에는 다급한 기색이 서려 있다. 월하린이 조용히 중얼거렸다.

"무슨 일이 있는 것 같은데……."

"무슨 일?"

"아, 그냥 제 착각일 수도 있어요. 그냥 사람들 표정이 그래서요."

잠시 바깥을 바라보던 월하린은 이내 웃어 보였다.

착각이리라.

이곳이 어디인가.

정도 무림인들의 집결지인 무림맹이다. 이곳에서 별일이 있을 리 없다 생각했다. 그렇게 마차는 무림맹을 벗어나기 위해 입구로 향하고 있었다.

무림맹의 입구가 굳게 닫힌 채로 일행을 맞이했다.

닫힌 문은 열리지 않고 그 대신 무인 하나가 다가왔다.

마차 안에 앉아 있던 월하린에게 다가온 무인이 입을 열었다.

"나가실 수 없습니다."

"그게 무슨 소리죠?"

"무림맹 내부에 있는 분들을 모두 외부로 나가지 못하게 하라는 상부의 명령이 있었습니다."

"이건 또 무슨 개소리야."

백호가 짜증 섞인 목소리로 입을 열 때였다.

월하린이 이해가 안 간다는 듯이 말했다.

"저는 어제 맹주님께 인사를 드리고 떠나겠다는 허락을 받았는데요?"

"죄송합니다. 위의 명령인지라 열어드릴 수 없습니다."

맹주인 율무천과 이미 이야기가 끝났다고 말했음에도 불구하고 무인의 행동은 요지부동이었다. 그는 절대 물러설 수 없다는 듯이 두 눈에 힘을 주고 있었다.

그리고 창밖을 통해 드러난 무림맹의 입구.

그곳에는 평소보다 대여섯 배는 많아 보이는 무인들이 배치되어 있었다.

월하린은 뭔가 일이 벌어졌다는 걸 직감했다.

'역시 아까 느꼈던 그 묘한 분위기가…….'

그녀가 물었다.

"무슨 일이 있는 건가요?"

월하린의 질문에 무인은 잠시 침통한 표정을 지어 보였다. 굳이 비밀도 아닌 일이었기에 그는 이내 월하린의 물음에 답했다.

"맹주님이 실종되셨습니다."

"……"

율무천이 실종되었다는 말에 월하린이 놀란 듯 입을 벌렸다. 그녀는 놀라 잠시 멍하니 있다 이내 정신을 차렸다.

"지금 그 말이 사실인가요?"

"맹 내부가 지금 이 일로 비상입니다. 그리고 이번 일의 조사를 위해 모두의 출입을 불허한 상태입니다. 양해 부탁드리고 이만 돌아가서 연락을 기다려 주시지요."

말을 마친 무인이 짧게 포권을 취해 보이고는 자신의 자리로 돌아갔다.

무인이 돌아가자 상황의 심각성을 느낀 전우신이 중얼거렸다.

"어떻게 맹주님이 실종을……."

지금 이 예상치 못한 상황에 모두가 당황하고 있었지만 단 한 명 월하린만은 달랐다. 갑작스럽지만 이건 이미 예견된 일이기도 했다.

율무천이 본인의 입으로 직접 말하지 않았던가.

자신이 죽거나 실종될 거라고.

'그 말이…… 사실이 되다니.'

월하린이 가만히 앉은 채로 그날의 대화를 곱씹을 때였다. 느닷없는 상황에 백호가 물었다.

"그럼 지금 못 나가는 거야?"

"예, 그것두 출입 자체를 불허힌다고 하니 낭과도 못 사러 나가실 것 같은데요."

"뭐야?"

백호와 아운이 대화를 주고받을 때였다.

심각한 표정을 짓고 있던 월하린이 입을 열었다.

"마차를 돌려야겠어요."

율무천의 우려가 현실이 되어 버렸다.

그녀의 머릿속에 그가 남긴 마지막 부탁이 맴돌았다. 자신이 죽거나 실종되면 자신이 남긴 뭔가를 찾아 소림사의 혜선에게 부탁한다던 그 말이.

월하린의 머리에 율무천이 했던 수수께끼와도 같았던 전언이 떠올랐다.

'보름달이 뜨는 은행나무에 걸린 사람, 그곳의 오른쪽 절름발이…….'

전해 듣고도 깊게 생각하지 않았었다.

율무천의 부탁대로 만약 무슨 일이 벌어지면 그때 생각해야 할 일이라 생각했기에.

그런데…… 이제 이 수수께끼를 풀어야 할 때가 온 건지도 모르겠다.

제5장. 귀환
— 무림맹주로 추대하겠소

무림맹주가 사라졌다.

그것은 정파뿐만이 아니라 사파까지도 들썩이게 만들 정도로 커다란 사건이었다. 무림맹주가 누구인가? 정도 무림을 이끄는 수장이다.

그런 그가 사라졌다는 건 곧 정파의 근간이 흔들리는 일이기도 했다.

우두머리가 없는 집단은 작은 일에도 흔들리기 마련. 그렇다 보니 한동안 조용했던 사파와의 마찰도 걱정해야 할 상황이 오고야 만 것이다.

단 한 명이 사라졌을 뿐이거늘 그것이 만들어 내는 여파는 상상을 초월했다.

정파 무림은 긴장했고, 사파 무림은 기회를 엿본다.

서로 간의 묘한 분위기의 신경전이 펼쳐졌다.

그리고 곳곳에서는 지금이 기회라는 듯이 세력 다툼까지 벌어지며 무림이 시끄러워졌다.

그런 무림을 대변이라도 하는 것처럼 무림맹은 하루도 빠짐없이 회의가 열렸다. 작금의 현실을 타파하기 위해 모인 자리라 하지만 그들이 모이는 이유는 하나였다.

바로 맹주의 자리를 노리는 싸움 때문이다.

기존 맹주를 따르던 이들은 아직은 시기상조라 말했고, 그림자회를 등에 업은 이들은 어떻게든 새로운 맹주를 추대해서 지금의 상황을 정리해야 한다고 떠들어 댔다.

그렇지만 실제로는 그 어떠한 결정도 내려지지 않고 있었다.

그건 실질적인 힘을 지닌 이들이 아직 참석하지 않은 탓이다. 이 모든 결정을 위해 구파일방의 핵심 인물들이 무림맹으로 모였다.

개중에는 화산파 장문인 주기진도 있었다.

반면 무려 열흘에 가까운 시간 동안 연성각 바깥으로의 출입도 감시를 받아야 하는 입장에 처한 백호의 기분은 최악이었다.

그나마 당과가 떨어지기 전이라 얌전했던 백호는 어제부터 폭발하기 직전이었다.

"감히 날 가둬 놔?"

백호가 침상에 드러누운 채로 이를 갈았다.

그런 그를 월하린이 걱정스레 바라봤다. 자신들도 이렇게 갑갑한데 백호는 오죽하랴. 그나마 지금까지 참아 준 것만으로도 감사할 지경이다.

백호가 짜증 가득한 목소리로 말했다.

"대체 언제까지 이러고 있으라는 거야?"

"조만간 감금이 풀린다고는 하던데, 아직 확실히 정해진 건 없는 모양이에요."

"그럼 계속 이러고 있으라고? 가둬 둘 거면 당과라도 좀 가져다주든가!"

백호가 불만스럽게 소리쳤다.

하지만 바깥의 출입이 불가한 지금 당과를 구한다는 건 불가능한 일이었다. 물론 백호라면 몰래 바깥으로 나가는 게 가능했지만 시기가 좋지 않았다.

무림맹 내부에서 율무천의 실종과 관련된 이가 없는지 눈에 불을 켜고 찾는 상황이다. 그런 지금 수상쩍은 행동을 했다가 들키게 된다면 괜한 의심을 사게 될 수도 있었다.

그랬기에 백호는 참아야만 했다.

거의 갇혀 있다시피 한 생활, 그나마 바깥과의 연락 통로는 전우신이었다. 지금 이렇게나마 흘러가는 상황을 알 수 있는 것도 그가 주기진에게 연락을 취한 덕분이다.

월하린이 물었다.

"화산파 장문인께서는 무림맹에 도착하신 거죠?"

"예, 어제 늦게 도착하셨다고 알고 있는데 바쁘신 모양입니다."

도착한 지 거의 하루가 지났지만 아직 전우신은 그의 얼굴조차 보지 못했다. 상황이 중대한 만큼 주기진 또한 무림맹에 도착하기 무섭게 같은 뜻을 지니고 있는 이들을 만나고 다닌 탓이다.

지금 돌아가는 상황에 대해 더 자세히 알고 싶은 월하린의 입장으로서는 주기진이 오지 않으니 무척이나 답답했다.

이렇게 갇혀 있는 이상 율무천이 부탁했던 것도 알아낼 수가 없었다.

어떻게든 이곳을 벗어나 조금은 자유롭게 움직이고 싶었지만 월하린에게는 그걸 가능하게 할 만한 힘이 없었다.

얼마 전까지야 율무천의 비호가 있었지만 이제 무림맹 내에서 자신들을 도울 이는 단 한 명, 주기진뿐이다.

그랬기에 월하린은 주기진의 연락을 기다렸다.

물론 그것만이 주기진을 기다리는 이유는 아니었다.

저녁 식사를 마치고 오늘도 주기진을 보지 못하나 싶었을 때였다. 인근에서 들려오는 발걸음 소리를 눈치챈 백호가 귀를 쫑긋 세웠다.

저벅저벅.

평범한 발걸음 소리. 하지만 그 소리만으로 백호는 상대가 고수라는 걸 알아차렸다.

"누군가 오는데?"

"시녀 아닙니까?"

"아냐. 발걸음 소리를 들어 보니 고수인데."

전우신의 물음에 백호가 고개를 저으며 말했다.

상대는 다가오는 걸 감추지 않고 있었다. 그걸 보면 위험한 목적을 가진 자는 아닐 것 같긴 했지만, 혹시나 모르는 일을 대비해 백호가 침상에서 일어났다.

백호가 그런 행동을 취했을 정도로 상대에게서는 고수의 느낌이 풍겼다.

그리고 이내 그 발소리의 주인이 문을 열고 모습을 드러냈다.

모습을 드러낸 상대를 보자 전우신이 가장 먼저 자리에서 일어났다. 발소리의 주인공은 바로 그토록 기다려 왔던 주기진이었다.

"장문인을 뵙습니다."

"오랜만에 봬요."

뒤따라 월하린이 급히 인사를 전했고, 백호와 그를 처음 보는 아운은 멀뚱히 주기진을 바라봤다.

주기진이 그런 그들에게 반가이 인사를 전했다.

"월 궁주, 그리고 백호. 오랜만일세."

"누군가 했는데 영감이었어?"

백호가 편안하게 말했다.

처음 만남부터 화산파의 장문인인지 모르고 편안하게 시작된 사이였다. 그 탓에 백호는 아무렇지 않게 반말을 해 댔고, 이 모습을 이미 봐 왔던 탓에 월하린이나 전우신 또한 그런 그를 말리지 않았다.

그리고 결정적으로 그런 백호의 말투에 가장 무신경한 건 주기진 본인이었다.

허례허식과는 거리가 먼 주기진은 오히려 그런 편한 백호의 말투에 오랜 지기를 만난 것 같은 느낌마저 들었다.

백호를 바라보던 주기진이 변한 그의 기운을 느꼈는지 놀란 듯이 말했다.

"못 보는 사이에 엄청나게 변했군그래. 이제는 뒤를 잡으려다가 오히려 내가 잡힐지도 모르겠어."

처음 화산파에서 만났던 그때 주기진은 백호의 뒤를 완벽하게 잡았었다. 하지만 그때와는 다르게 이제는 백호의 뒤로 몰래 다가갈 수 있을 거라는 생각이 들지 않았다.

그만큼 백호는 강해져 있었다.

변해 버린 백호의 기운에 놀랐던 주기진이 이내 전우신에게 시선을 돌렸다.

"잘 지냈느냐?"

"예."

"네 사부께 대충 이야기는 들었다만…….."

주기진이 잠시 전우신의 모습을 살폈다. 딱히 어떠한 대화를 나눈 것도 없었지만 느낄 수 있었다. 딱딱했던 표정이 한결 부드러워져 있었고, 활기가 느껴졌다.

아주 예전의 전우신의 모습을 보는 듯했기에 주기진은 자신도 모르게 입가에 미소를 머금었다.

'행복해 보이는구나.'

화산파에 있는 전우신은 생기가 없었다.

흡사 시체처럼 감정 없는 눈으로 상대를 대하곤 했다. 그렇지만 지금의 전우신은 달랐다.

전우신은 사부인 전세극의 이야기가 나오자 물었다.

"사부님이 뭐라 하셨습니까?"

"네가 많이 변했다고, 그게 참 좋아 보인다 하셨지."

"제가 말입니까? 딱히 변한 건 없는 것 같은데요."

전우신이 모르겠다는 듯이 중얼거렸지만, 마주하고 있

는 주기진에게는 그런 그의 변한 모습이 너무나 확연하게 눈에 들어왔다.

상황만 좋았다면 조금 더 회포를 풀면 좋으련만 아쉽게도 지금은 때가 아니다.

주기진의 시선이 마지막으로 아운에게로 향했다.

이자에 대해서도 잘 알고 있다.

흑천련주의 제자. 그리고 우습게도 전우신과 단짝처럼 지낸다는 말도.

"자네가 아운이군."

평소 정파의 무인이라면 대화를 피하는 아운이었지만 그도 이번만큼은 예를 갖췄다. 자리에서 일어난 아운이 포권을 취하고는 다시금 주저앉았다.

다른 이도 아닌 전우신이 속한 문파인 화산파의 장문인이었기에 갖춰 주는 최대한의 예의였다.

짧게 모두와 인사를 마친 주기진이 일행들에게 다가와 자리에 앉았다.

그가 입을 열었다.

"갑작스러운 일에 다들 당황스럽겠군."

"당황스럽진 않고 짜증은 좀 나네, 영감. 당과도 못 사러 가게 막는 게 말이 돼? 이건 감옥에 가둬 둔 거랑 다를 거 하나 없잖아."

"당과?"

백호의 말에 잠시 멈칫했던 주기진이 그제야 이해가 간다는 듯이 가벼이 웃었다.

"허허, 그래서 부탁한 거였군."

"무슨 소리야?"

"자, 여기 있네."

주기진이 품에서 주머니 하나를 꺼내 백호에게 내밀었다. 이게 뭐냐는 듯 주머니를 열어 본 백호의 얼굴이 확 하고 펴졌다.

"당과네?"

재빠르게 하나를 꺼내어 입안에 쏙 밀어 넣은 백호가 히죽거리며 웃어 보였다. 방금 전까지만 해도 엄청나게 화를 쏟아 내던 이라고는 믿기지 않는 감정적인 변화였다.

그렇지만 이런 것이 어색하지 않은 사내, 그게 바로 백호였다.

금방 기분이 좋아진 백호가 물었다.

"영감 제법이네. 어떻게 알고 사 온 거야?"

"부탁을 받고 사 왔지. 사실 나도 처음엔 당과를 사 와 달라기에 뭔가 했는데…… 자네에게 주려고 한 거였군."

"부탁?"

백호가 옆에 있는 이들을 바라봤다.

그러고는 이내 웃고 있는 월하린을 보고는 이게 어떻게 된 일인지 알 수 있었다. 자신이 당과를 먹고 싶어 할 것을 알기에, 무림맹으로 들어오는 주기진에게 미리 이 같은 부탁을 해 달라고 전우신에게 전했던 모양이다.

백호를 너무나 잘 아는 월하린이었기에 가능한 일이었다.

그리고 그 덕분에 백호는 기분이 좋아졌다.

월하린이 주기진에게 물었다.

"그나저나 지금 상황이 어떻게 돌아가는 건가요?"

"뭐, 맹주님이 실종되신 거야 자네들도 잘 알 테고. 무림맹이 둘로 나뉘어 계속 싸우고 있는 상황일세. 맹주님을 기다리자는 쪽과, 새로운 맹주를 뽑자는 주장을 펼치면서 말이지."

"아직 실종되신 맹주님에 대한 단서는 없는 건가요?"

"아쉽게도."

그날 이후 무림맹의 많은 이들이 백방으로 수소문해 봤지만 사라진 율무천의 행방은 여전히 묘연했다.

"그렇다면 분위기는 어떻게 흘러가고 있죠? 새로운 맹주님을 추대하자고 강경하게 밀고 나올 것 같은데……."

"그렇지. 다만 맹주님을 따르던 이들 또한 쉽사리 물러나지 않고 있어서 아직 결정이 내려지지 않은 상황이야. 사실 실종된 맹주님만큼 이들을 이끌 만한 재목은 무림에

흔하지 않으니까."

무림맹의 맹주라는 자리는 그저 무공만으로 오를 수 있는 자리가 아니다.

무공 못지않게 인품도 중요하다.

그리고 아랫사람들에게 선망을 줄 수 있는 대상이어야 했다. 그만큼 특별한 사람만이 맹주의 자리에 오를 수 있는 것이다.

그렇지만 지금의 무림에서 율무천을 대신해 그런 임무를 맡을 만한 이가 과연 누구인가?

지금 그 주장을 앞세워 맹주파는 새로운 맹주의 추대를 유보하자는 입장이었다.

팽팽한 싸움. 그렇지만 이런 주제로 싸우는 것도 그리 길지 않을 예정이다.

주기진이 말했다.

"오늘 밤, 대전회의가 있을 예정이네."

"대전회의요?"

"그래. 그곳에서 모든 게 정해지겠지. 새로운 맹주를 추대할지, 아니면 조금 더 기다릴지에 대해서도."

"어떻게 될 것 같으신가요?"

월하린의 질문에 주기진이 잠시 침묵했다.

십 할 자신할 수는 없으나 상황이 어찌 흘러갈지는 어느 정도 예상하고 있다.

주기진이 자신의 생각을 밝혔다.

"새로운 맹주를 뽑자고 강하게 나오겠지. 다만 그게 그리 쉽게 받아들여지지는 않을 게야. 맹주님을 밀어주는 원로 고수들도 적지 않아서 말일세. 그들의 입김을 무시할수는 없지."

"그렇다면 유보되는 쪽으로 흐를 거라는 건가요?"

"맞네. 시간이 더 흐른다면 상황이 바뀌겠지만 당장엔 그리되겠지. 다만……."

주기진이 말을 끌었다.

그런 그를 모두가 바라보고 있을 때였다. 주기진이 천천히 입을 열었다.

"아주 만약에 그들이 맹주님의 자리를 대신할 만한 인물을 내세운다면…… 그땐 이야기가 달라지겠지."

"그런 인물이 있나요?"

주기진이 그녀를 바라봤다.

월하린의 질문에 한 명의 얼굴이 머릿속을 스치고 지나갔다.

주기진이 천천히 입을 열었다.

"한 명, 단 한 명이 있지."

하지만 주기진은 고개를 저었다. 분명 자신이 생각하는

이가 나선다면 상황은 급변하겠지만 그가 이 자리에 모습을 드러낼 리는 만무했으니까.

"허나 그가 나설 가능성은 없으니 그럴 일은 없다 봐도 무방하지."

"그렇다면 결과는 거의 정해진 거군요."

주기진이 고개를 끄덕였다.

맹주파인 주기진에게는 지금의 상황이 나쁘지 않았다. 다만 더 시간이 지나 결국 맹주의 자리에 다른 이가 앉기 전에, 실종된 율무천의 행방을 찾아야만 했다.

"곧 있을 대전회의에서 새로운 맹주를 뽑는 걸 유보시키고 곧바로 별동대를 편성할 생각이네. 그들로 우선은 맹주님을 찾아봐야겠지. 후우, 어쩌다 일이 이렇게 됐는지 모르겠군그래."

주기진의 얼굴에 그늘이 서렸다.

당장에야 어떻게 한다 한들, 결국은 반맹주파에게 점점 유리하게 흘러갈 것이다.

율무천 정도 되는 이가 실종되었다는 것이 아직까지도 쉬이 이해가 되지 않았다. 그가 아무런 이유도 없이 실종되지는 않았을 터.

무슨 안 좋은 일이 벌어진 게 분명하다.

주기진의 걱정스러운 얼굴과는 별개로 일하린 또한 그리

표정이 좋지 못했다. 그건 전부 미리 율무천에게 전해 들은 말들 때문이다.

들었던 대로 사건은 벌어졌고, 아마도 맹주가 예견했던 대로 그에겐 큰일이 생겼을 게다. 율무천에게 전해 들었던 일을 주기진에게 말하고 싶었지만 월하린은 우선 말을 아꼈다.

율무천이 부탁한 그 물건을 찾아 혜선에게 건네기 전까지는 우선은 그래야 할 것만 같은 생각이 들어서다.

월하린이 조심스럽게 물었다.

"혹시 오늘 대전회의에 혜선 대사님도 오시나요?"

"응? 맞네. 그런데 그건 왜 묻나?"

혜선이 오늘 대전회의에 참석한다는 말에 월하린의 표정이 한결 밝아졌다.

이 일을 혼자 감당하는 건 그녀에게도 큰 부담이었다. 그리고 율무천이 부탁한 물건을 건네줘야 할 대상인 혜선이라면 그가 낸 수수께끼의 답을 단번에 알아차릴지도 모른다.

한시를 다투는 일일지도 모르기에 월하린은 빠르게 이 일을 해결하려고 하고 있었다.

'어떻게든 그분을 만나야겠어.'

결단을 내린 월하린이 아무렇지도 않게 둘러댔다.

"아뇨, 별건 아니고 그분께 여쭙고 싶은 게 좀 있었거든
요. 저 그런데…… 대전회의에 제가 참석할 수는 없을까요?"

"자네가?"

"네."

"이유가 있는가?"

"맹주님이 실종되시기 며칠 전에 저도 습격을 당했잖아
요? 혹시나 맹주님의 실종이 그때 그들과 관련되었을 수도
있으니 상황을 조금 더 알고 싶어서요."

"흐음, 허기야 시기상으로 의심쩍긴 하군그래."

주기진이 잠시 자신의 턱을 만지작거리다가 말했다.

"애초에 대전회의라는 것 자체가 정파에 속한 이들이라
면 아무나 참석할 수 있는 회의라네. 물론 형식상으로만
그렇지, 실질적으로는 큰 문파를 제하고는 쉽사리 참여하
지 않긴 하지만……."

대전회의는 비밀스러운 모임이 아니다.

오히려 많은 이들에게 무림맹이 나아갈 길을 보여 주는
자리기도 하다. 그랬기에 정파의 무인이라면 아무나 참석
이 가능한 것이 관례다.

물론 그렇다고 해서 아무나 발언권을 가지고 있는 건 아
니다. 개중에 극소수 문파와, 극소수의 인원만이 그곳에서
발언을 할 권한을 지니고 있다.

정파 쪽에서 백 위 안에 드는 고수거나, 높은 배분을 지닌 인물. 거대 문파의 일정 수준 이상의 위치에 있는 자들 정도만 그곳에서 말을 할 수가 있다.

나머지 인원은 그저 뒤쪽에 서서 그들의 대화를 듣는 것만이 전부다.

문제는 월하린이 정파의 무인이 아니라는 거다.

물론 일전에도 종종 중도적인 문파의 수장 정도 되는 이들이 대전회의에 참석한 적이 있으니, 그녀가 그 자리에 있는 게 아예 불가능한 일은 아니다.

다만 그런 경우가 그리 많지 않았다는 게 문제다.

잠시 고민하던 주기진이 이내 고개를 끄덕였다.

"내 한번 자리를 만들어 보지. 아, 그렇지만 저 친구는 안 되네."

주기진이 바라본 곳에는 아운이 있었다.

제아무리 열린 모임이라 할지라도 사파의 인물까지 참석하는 건 무리가 따랐다.

월하린이라면 그녀의 아버지 후광도 있고 하니 주기진이 힘을 쓴다면 가능할지 모르겠지만 아운은 아니다.

자신을 향한 시선에 아운이 됐다는 듯 대꾸했다.

"저도 그런 데는 궁금하지 않아서 말이죠."

"영감, 나는?"

아운과 달리 자신은 꼭 가야겠다고 나서는 백호를 보며 주기진이 머리를 긁적이다 이내 손바닥을 마주쳤다.

"자네는 월 궁주의 호위무사로 해서 자리할 수 있게 한 번 해 보지."

방법을 마련해 주자 백호가 고개를 끄덕였다.

얼추 이야기가 끝나자 주기진이 자리에서 일어났다.

"그럼 우선 함께 가서 자네들이 참석할 수 있게끔 이야기해 보도록 하겠네. 곧 대전회의가 열릴 예정이니 서둘러야 할 게야. 아, 전우신, 너는 어쩔 생각이냐? 너도 참석할 테냐?"

"전 이곳에 있겠습니다. 이 녀석이 아직 환자라 혼자 두기도 조금 찜찜해서요."

"그럼 그리하도록 해라."

굳이 전우신이 가야 하는 자리는 아니었기에 주기진도 그러라는 듯 고개를 끄덕였다.

그러고는 대전회의에 함께 참석하기로 한 둘에게 말했다.

"우선 우리는 가도록 하지."

시간이 그리 많지 않기에 주기진이 자리에서 일어났다. 그리고 그런 그를 따라 대전회의에 가기 위해 백호와 월하린이 움직였다.

항상 꽁꽁 막고 있던 연성각의 입구.

그렇지만 주기진과 함께 있으니 상황은 달라졌다.

주기진이 막아서는 무인들을 향해 손짓했다.

"대전회의에 참석할 예정이니 비켜서게."

그 짧은 한마디에 절대 비켜서지 않던 이들이 옆으로 갈라졌다. 그 모습을 본 백호가 불만스럽게 중얼거렸다.

"영감 권력이 보통이 아닌가 보네. 내가 그렇게 죽일 듯이 노려봐도 절대로 안 비키던 놈들이 영감 한마디에 쫙 갈라지는 걸 보니 말이야."

백호의 말에 주기진이 가볍게 웃었다.

*　　　*　　　*

나름 복잡할 거라 생각했던 대전회의의 참석 여부가 예상치 못하게 쉽사리 승낙됐다. 주기진 측 사람들이야 당연히 그의 부탁이니 승낙하는 게 이해가 갔지만 반맹주파들 또한 월하린의 참석에 대해 전혀 거리낌 없는 모습을 보였다.

너무나 쉽게 승낙이 떨어지자 주기진은 오히려 당황한 눈치였다.

"아무리 대전회의가 공개된 자리에서 행하는 것이라 해도 이렇게 쉽게 승낙할 줄은 몰랐군."

주기진은 대전회의에 월하린과 백호를 자신과 함께 동

행한 일행으로 분류해 참석시키려 했다. 어느 정도 반발을 예상했기에 참석할 수 있는 확률은 절반 정도라 생각했다.

그런데 예상과 다르게 주기진의 말이 떨어지기 무섭게 반맹주파에서 그의 청을 허락한 것이다.

지금 상황이 쉽사리 이해는 가지 않았지만 어찌 됐든 애초의 목적을 이뤘으니 주기진은 최대한 좋게 생각하기로 마음먹었다.

월하린이 대전회의에 참석한다 해서 반맹주파에게 득이 될 건 아무것도 없었으니까.

회의는 무림맹 내부에 있는 가장 커다란 대전에서 벌어졌다.

수천 명에 가까운 이들이 운집해도 될 정도로 커다란 대전은 중앙에 길게 길이 나 있었고, 양쪽으로는 사람들이 자리할 만한 공간이 있었다.

그리고 그 길 끝에는 맹주만이 자리할 수 있는 봉황이 새겨진 의자 하나가 자리하고 있었다.

다소 늦은 시각이었음에도 불구하고 대전에는 수백이 넘는 인원이 모여 있었다.

모든 이들이 이번 대전회의를 보기 위해 몰려든 것이다.

대부분이 구파일방과 오대세가에 속한 무인들.

나이가 제법 있어 보이는 이들부터 해서 열내여섯 정도

되어 보이는 어린 무인들까지 다양하게 이곳 대전에 자리
했다.

그렇지만 무림에서 배분이 낮은 이들은 모두 뒤편에 섰
고, 발언권이 있는 이들이 앞으로 나선 상태로, 패거리는
양쪽으로 갈라져 있었다.

왼쪽은 은설란을 위시한 반맹주파가, 오른쪽은 주기진
이 이끄는 맹주파가 자리한 상태였다.

백호와 월하린 또한 주기진과 함께 동행한 것이니만큼
그의 뒤편으로 가서 자리했다. 백호는 맞은편에 자리하고
있는 은설란을 보고는 말했다.

"저 여자도 있네?"

"비각주니까요. 무림맹 내에서 알아주는 실권자인데 참
석하지 않을 리가 없죠."

"현무랑 매번 붙어 있는 것 같았는데 그놈은 안 보이는
군."

백호가 은설란의 무리를 살폈지만 현무의 모습은 보이지
않았다. 백호가 품 안에 있는 당과를 꺼내어 물며 입맛을
다실 때였다.

은설란은 자신의 자리에 있는 의자에 앉은 채로, 말없이
반대편에 있는 자들을 응시하고 있었다. 그리고 그런 그녀의
시선에 많은 맹주파의 무인들이 불편한 듯 시선을 돌렸다.

비각의 주인인 그녀는 이곳 무림맹 내에서도 어마어마한 실권을 쥐고 있는 인물이다. 하나씩 무리를 살펴보던 그녀가 백호와 월하린을 발견하고는 가볍게 웃어 보였다.

그러고는 이내 그 시선이 둘을 지나쳐 점점 앞으로 향하더니 이내 주기진과 눈을 마주쳤다.

주기진이 그런 그녀를 향해 먼저 입을 열었다.

"비각주, 오랜만이네."

"장문인은 여전하시네요. 건강하신 것 같아 보기 좋아요."

"허허, 그게 사실인가? 내가 보기엔 이 늙은이가 아직까지도 정정해서 노심초사하는 것 같아 보이는데?"

"농담도 여전하시네요."

"농담처럼 들리는가?"

"물론이죠. 제가 얼마나 장문인을 좋아하는데요. 오래, 아주 오래 사셔야죠."

"덕담 고맙네. 비각주가 이렇게까지 말해 주는데 내 자네보다 더 오래 살아야겠어."

두 사람이 농담을 빙자한 뼈 있는 말을 주고받기 시작하자 시끄럽던 대전이 갑작스럽게 침묵에 감싸였다. 두 사람은 서로를 향해 웃고 있었지만 비틀린 입꼬리는 상대를 어떻게 생각하는지 말해 주는 듯했다.

굳이 말하지 않아도 이곳에 참석하고 있는 이들은 모두

알고 있다.

저 둘이 얼마나 지독한 앙숙인지를.

비각주 은설란의 뒤에는 수많은 이들이 자리하고 있었다.

현 무림을 이끌어 가는 중년 고수들부터 해서 이미 무림에서 모습을 감췄던 노고수들도 즐비했다.

그리고 그건 주기진 또한 마찬가지였다.

주기진의 뒤편에도 수많은 고수들이 자리한 채로 반대편에 있는 반맹주파와 대립하고 있었다.

슬쩍 주변을 둘러보던 은설란이 입을 열었다.

"시간이 된 것 같은데요. 슬슬 시작하죠."

"아직 혜선 대사가 오지 않았네."

각 문파의 대표들이 모두 자리했지만 아직까지 소림 측의 대변인은 나타나지 않았다. 혜선을 만나기 위해 이곳을 찾았던 월하린 또한 작게 고개를 끄덕이며 그가 오기를 기다리려 했다.

하지만…….

은설란이 웃었다.

"어머, 이야기 못 들으셨나 봐요. 대사님께서는 최근 들어 몸이 안 좋아지셔서 오늘 참석하지 못한다는 전언을 받았어요."

"……그럴 리가. 불과 며칠 전까지만 해도 멀쩡하게 나와 연락을 주고받았네."

"저도 그렇게 알았는데 갑자기 심하게 앓으신다고 하네요. 날씨가 추워지니 잔병이라도 찾아오셨나 보죠."

웃으며 말하는 은설란을 향해 주기진이 이게 무슨 꿍꿍이냐는 듯이 바라보고 있을 때였다. 그녀가 손을 들어 손짓을 하자 무리들 사이에서 중 하나가 모습을 드러냈다.

소림의 승복을 입고 있는 자.

그는 다름 아닌 우현이라는 자였다.

혜선보다 한 배분 아래의 인물, 그가 이곳에 모습을 드러낸 것이다. 우현의 모습을 확인한 주기진이 표정이 딱딱하게 돌변했다.

'당했군.'

혜선과는 달리 우현은 반맹주파에 속한 인물이다.

그가 혜선을 대신해 이곳에 올 수 있게 반맹주파가 손을 쓴 것이 분명했다.

우현이 양손을 합장한 채로 입을 열었다.

"나무아미타불, 편찮으신 대사님을 대신해 제가 인사드립니다."

우현을 바라보는 주기진의 얼굴에는 씁쓸한 빛이 역력했다.

그리고 혜선이 오지 않는다는 말에 그를 위해 이곳에 왔던 월하린 또한 표정을 굳혔다. 소림사에서도 높은 위치에 있는 혜선을 만나는 건 쉽지 않은 일이었고, 이번 자리를 통해 우선 그와 한번 접촉을 하려 한 월하린이다.

그런 그녀의 계획이 시작부터 틀어진 것이다.

이게 어찌 된 일인지 묻지 않았지만 월하린은 지금 흘러가는 분위기를 어느 정도 눈치챘다. 굳어 있는 주기진의 표정은 그 모든 걸 말해 주는 것만 같았다.

짝짝!

은설란이 주목하라는 듯이 손뼉을 쳤다.

하나씩 준비해 왔던 모든 것들.

그 모든 것들을 시작해야 하는 순간이 됐다.

그녀가 모두의 시선을 자신에게 집중시키고는 본론으로 들어갔다.

"자자, 그럼 모두가 모였다 생각이 되니 대전회의를 열어보도록 하지요. 오늘의 안건은 바로…… 새로운 맹주님의 추대에 관련된 건이에요."

은설란이 말을 내뱉자 조용했던 대전 안이 웅성거림으로 가득 찼다.

어느 정도 예상했던 일이긴 했지만 막상 이렇게 정식으로 안건이 올라오자 소란이 일 수밖에 없었다. 은설란의 말이 떨어지기가 무섭게 주기진의 뒤편에 있던 벽력부(霹

霹斧) 전용이 나섰다.

"너무 다급한 것 아니오? 맹주님이 사라진 지 한 달이 됐소, 아니면 두 달이 됐소? 고작 열흘 정도요. 열흘 정도 모습을 드러내지 않으셨다고 새로운 맹주를 추대한다는 건 너무 우습지 않소이까?"

육십이 다 되어 가는 사내인 전용은 도끼를 사용하는 고수였다. 도끼라는 병기를 사용하는 것과는 달리 깔끔한 인상을 지닌 그가 은설란의 말에 정면으로 반발하고 나선 것이다.

그가 나서자 이번엔 은설란의 뒤편에 있던 적룡신창(赤龍神槍) 양구웅이 나섰다.

"말 한번 잘하셨소. 아무런 일도 없는데 열흘이나 모습을 드러내지 않는다는 게 맹주가 해야 할 행동은 아니지 않겠소? 그렇다면 그건 맹주의 자질이 없는 거겠지. 그리고 만약에 정말 무슨 일이 생기신 거라면…… 하루라도 빨리 새로운 맹주님을 추대하는 게 맞소이다!"

"자질? 맹주님께 그게 할 말인가? 너무 예의가 없는 것 아닌가! 양구웅!"

가만히 서 있던 주기진이 버럭 소리를 쳤다.

주기진이 노한 듯 소리치자 말을 쏟아 내던 양구웅이 입을 꾹 닫았다. 반맹주파 내에서도 제법 발언권이 있는 그

이지만 상대는 주기진이다.

화산파는 구파일방 중에서도 손에 꼽히는 강대 문파다. 더군다나 주기진이라는 인물 자체도 무림맹 내에서도 알아주는 고수 중 하나다.

그런 주기진이 나섰으니 꿀 먹은 벙어리처럼 그는 침묵했다.

주기진이 길게 숨을 내쉬었다.

'길게 끌수록 좋지 않아.'

주기진은 알고 있었다.

이 대전회의가 길어질수록 불리한 건 결국 맹주 쪽 사람들이다. 저들의 말대로 무슨 일이 있든 없든 결국 맹주인 율무천이 사라진 건 부정할 수 없는 사실.

그 부분을 계속해서 물고 늘어진다면 점점 자신들의 주장을 펴기 어려워진다.

차라리 초반에 강하게 나가 더는 말을 못하도록 자르는 게 지금은 더 낫다는 생각이 들었다. 믿고 있던 혜선까지 자리하지 않은 지금 혼자서 저들과 싸우는 건 주기진에게도 버거운 일이기도 했다.

주기진이 모두가 똑바로 들으라는 듯이 내공을 담아 입을 열었다.

"무림맹의 맹주가 어떤 자리인가! 그 자리에 오르기 위해서는 문무(文武)를 겸비하고, 또 덕이 있어야 한다! 그뿐인가! 아랫사람들을 따르게 만들 정도의 존경심이 저절로 일어나게 만들 수 있어야 그것이 바로 무림맹주가 아니던가!"

내공을 담은 그의 목소리가 대전 안을 쩌렁쩌렁 울렸다. 모두가 입을 닫고 자신의 목소리에 집중하고 있다는 걸 느낀 주기진이 다시금 소리쳤다.

"말해 보라! 지금의 무림에서 맹주님만큼 이 모든 것에 부합하는 자가 누가 있는가! 있다면 나와 보라! 개인이나 단체를 위한 사사로운 권력욕이 아닌 그저 모두를 위한 순수한 마음으로 우리를 이끌 만한 자가 과연 누구인가!"

평소에 장난기 있던 주기진의 모습은 사라지고 화산파라는 커다란 문파를 이끄는 하나의 수장만이 자리했다.

강인한 목소리가, 막대한 내공이 대전에 모인 모두를 긴장하게 만들었다.

큰 목소리로 모두를 휘어잡았던 주기진이 이내 부드러운 목소리로 다독였다.

"맹주님께서 모습을 감추신 지 열흘밖에 되지 않았소이다. 새로운 맹주님을 뽑자, 말자와 같은 쓸데없는 논란보다는 차라리 이렇게 모인 김에 지금 무림에 처한 상황에 대해 서로 뜻을 모아 해결해 나가는 것이 훨씬 의미 있는 일이 아니겠소? 잠시 무림맹이 시끄럽긴 하지만 우리가 힘을

모아 단결한다면 맹주님께서 다시 돌아오실 때까지 아무런
문제도 없이······."

주기진이 분위기를 휘어잡은 채 이야기를 이어갈 때였다.

앉아서 그의 이야기를 듣기만 하고 있던 은설란이 입을
열었다.

"있다면요?"

은설란의 말에 주기진이 입을 닫고 그녀를 바라봤다. 주
기진 뿐만이 아니다. 대전 내부에 있는 모두의 시선이 은
설란, 그녀에게로 향했다.

앉아 있던 은설란이 자리를 박차고 일어났다.

그녀가 도도한 미소를 머금은 채로 말했다.

"맹주님을 대신할 만한, 아니 맹주님보다 훨씬 뛰어난
사람이 있다면 어쩌실 거냐고 물었어요."

"지금 자네 무슨 말을 하는 겐가? 아무리 자네가 맹주님과
반대편에 있다 한들 그분의 능력을 모르는 건 아닐 텐데?"

"물론이죠. 맹주님은 아주 훌륭한 분이죠. 그 사실, 누
구보다 잘 알아요. 그리고 그만큼 잘 알기에 이런 말을 할
수 있는 것이기도 하고요."

"알면서도 그런 말을 한다고?"

말도 안 된다는 듯이 주기진이 말할 때였다.

여전히 웃는 얼굴로 은설란이 입을 열었다.

"장문인도 아시잖아요. 단 한 명, 맹주님보다 모든 면에서 월등한 사람이 있다는 것을요. 설마 화산파의 장문인께서 그 사실을 모르시지는 않을 텐데요."

은설란의 그 말이 떨어지자 주기진이 혹시나 하는 표정을 지어 보였다.

그리고 그때 은설란이 말을 이었다.

"이야기보다는 직접 보시는 게 좋으실 것 같네요. 들어오세요."

은설란의 말이 떨어지기 무섭게 대전 입구에 누군가가 모습을 드러냈다.

그가 어둠 속에서 천천히 대전 안으로 첫걸음을 옮겼다.

쿠웅!

입구에 있던 무인들이 자신도 모르게 무릎을 꿇고야 말았다. 이건 자신들의 의지가 아니다. 지금 들어서는 저 사내가 내뿜는 기운을 버텨 내지 못하고 무릎을 꿇고야 만 것이다.

그런 행동을 취하게 된 건 입구에 있는 이들만이 아니었다. 사내가 한 걸음을 걸을 때마다 옆에 있던 자가, 또 그 옆에 있던 자가 무릎을 꿇었다.

마치 지나쳐 가는 그를 위해 무릎을 꿇는 것처럼.

쿠웅! 쿵!

태산과도 같은 기운이 주변을 뒤덮었다.

공기가 무겁게 변했고, 대전 내부에 있는 수백이 넘는 무인 모두가 그의 기운에 압도되어 손가락 하나 까딱할 수 없었다.

그나마 절정 이상의 고수들만이 그런 사내의 기운에 대항하며 버티고 서 있을 뿐이었다.

사내는 무척이나 준수한 외모의 소유자였다.

나이는 서른 중반 정도 되어 보였지만 색이 변한 머리카락을 보아하니 실제 나이는 가늠하기 어려웠다. 머리카락은 길게 풀었고, 전체적으로 깔끔하면서도 인자한 느낌마저 풍겼다.

그리고 사내의 등 뒤에는 보통의 것보다 긴 장검 한 자루가 걸려 있었다.

사내의 움직임에 따라 대전 안에 위치한 무인 대부분이 마치 그를 경배하듯이 무릎을 꿇었다.

그렇게 사내와 백호의 거리가 가까워졌다.

백호는 그를 놀라운 눈으로 바라봤다.

인간에게서 단 한 번도 느껴 보지 못한 경외감.

'이게…… 인간이라고?'

백호의 손이 떨려 왔다.

싸우고 싶었다. 질 것이라는 걸 직감적으로 느꼈지만,

승패를 떠나 이자를 향한 투지는 감추기 힘들 지경이었다.

백호의 두 눈이 사내에게 박혀서 떨어질 줄 몰랐다.

그 순간 사내의 앞으로 다가간 은설란이 무릎을 꿇었다. 그 자존심 강한 여인이 머리까지 조아리며 입을 열었다.

"비각주 은설란이 천하제일인을 뵈어요."

은설란의 그 한마디가 싸우고 싶은 욕망으로 이글거리던 백호의 정신을 깨웠다. 천하제일인이라는 말에 놀란 백호가 고개를 돌려 옆에 서 있는 월하린을 바라봤다.

천하제일인이라면……?

눈물이 그렁그렁 한 채로 그녀가 입을 열었다.

"……아버지?"

*   *   *

무림맹에서 일각가량 떨어진 곳에 위치한 객잔에 한 여인이 자리하고 있었다. 낡고 허름한 객잔과는 전혀 상반되는 화려하고 아름다운 여인.

붉은 머리카락을 어루만지고 있는 그녀는 바로 주작이었다.

얼마 전 무림맹을 떠났던 주작이 코앞이나 다름없는 가까운 곳에서 지내고 있었던 것이다. 낡고 허름한 객잔은 그녀를 제하고는 그 어떠한 손님도 없었다.

아니, 애초부터 입구에 아무도 들어오지 못하게 출입 불가라는 현판이 박혀 있었다.

그녀는 홀로 탁자에 앉아 술잔을 기울였다.

쪼르르.

투명한 액체가 잔으로 흘러들어 갔다.

주작이 마시고 있는 술은 그리 값비싼 것이 아니었다. 오히려 서민들도 쉽사리 접할 수 있는 싸구려 술 중 하나인 지독하게 독한 화주(火酒)였다.

덜컹.

문이 열리는 소리가 들렸지만 주작은 시선조차 돌리지 않았다. 그녀는 그저 술이 담긴 잔을 가볍게 손가락으로 돌리고 있었다.

그때 누군가가 거침없이 다가왔다.

드르르륵.

의자를 잡아끄는 소리와 함께 방문자가 자리에 앉았다.

"여어, 오랜만."

한 손으로는 잔을 만지고, 다른 손으로 턱을 괴고 있던 주작이 처음으로 시선을 들었다. 그녀의 눈에 새파란 머리를 한 요괴, 청룡의 모습이 들어왔다.

그리고 청룡의 뒤에는 유강이 자리했다.

유강을 본 주작이 턱으로 그를 가리키며 물었다.

"뭐야, 저건? 인간 맞아?"

"아, 내 장난감."

웃으며 내뱉는 청룡의 말에 기분이 나쁠 법도 하련만 유강은 아무렇지 않다는 듯 자신의 정체를 밝혔다.

"처음 뵙겠습니다. 유강이라 합니다."

유강의 인사에도 주작은 전혀 관심 없다는 듯 대꾸조차 하지 않았다. 그런 그녀를 물끄러미 바라보던 청룡이 물었다.

"이상하네? 기분 나쁜 일이라도 있는 모양이야?"

"그다지."

"누굴 속이려고. 넌 거짓말을 하면 다 티가 난다니까?"

청룡이 다 안다는 듯이 말했지만 딱히 이야기하고 싶지 않았는지 주작은 아무런 말도 하지 않았다. 그러자 청룡은 자신이 앉아 있는 의자째로 그녀의 옆으로 다가갔다.

청룡이 그녀의 어깨에 손을 올리며 귓가에 얼굴을 가져다 댔다.

"내 친구를 기분 나쁘게 한 놈이 과연 누굴까? 왜? 내가 혼 좀 내줄까?"

"이 손 치워."

주작이 불편하다는 듯 청룡을 바라보며 말했다. 경고에

도 청룡은 여전히 웃는 얼굴로 그녀의 어깨를 어루만졌다.
그런 청룡의 행동에 주작이 화를 터트리려고 할 때였다.

타악!

청룡의 손이 누군가에 의해 주작의 어깨에서 떨어졌다.

갑작스러운 상황에도 청룡은 전혀 당황한 기색을 보이지
않았다. 그는 오히려 웃었다.

"하하, 너도 왔냐?"

어느새 다가왔는지 뒤편에는 현무가 자리하고 있었다.
주작의 어깨를 어루만지던 청룡의 손을 떼어 낸 현무가 사
나운 표정으로 말했다.

"치우라는 말 못 들었나?"

"킥킥."

화가 난 듯한 현무의 모습에 청룡이 웃음을 터트렸다.
그 모습에 현무의 얼굴이 더욱 일그러졌다. 주변의 공기가
갑자기 차갑게 변해 갈 때였다.

주작이 입을 열었다.

"현무, 괜찮으니까 그만해."

"……알았다."

현무는 화가 났지만 그만하라는 주작의 말에 애써 치미
는 분노를 누르며 자리에 앉았다. 그런 현무를 청룡이 비
웃듯이 입꼬리를 만 채로 바라보고 있었다.

'등신 같은 새끼.'

예전부터 주작에게만은 쩔쩔매는 현무.

그가 왜 그러는지 모를 청룡이 아니었다.

알기에 더 우스웠다. 고작 그런 감정이라는 것에 휘둘려 다른 누군가에게 지고 들어간다는 것 자체가 우습지 않은가.

비웃음을 흘리던 청룡이 말했다.

"그나저나 이렇게 셋이 같이 만나는 건 제법 오랜만이네. 좀 아쉬워. 딱 한 명만 더 있었다면…… 정말 좋았을 텐데 말이야. 그치?"

청룡이 말을 내뱉고는 나머지 둘을 번갈아 바라봤다. 그의 말에 현무는 여전히 성이 난 얼굴로 묵묵히 있었고, 주작은 슬쩍 표정을 구겨 보였다.

그런 그 둘을 향해 청룡이 말을 이었다.

"백호도 아직 무림맹에 있다 했나?"

"그렇다."

"뭐, 그럼 제법 가까이 있다는 소리인데. 인사나 한번 하러 가 볼까. 이왕 이렇게 모인 김에 넷이 모이면 좋잖아?"

"오지 않을 거다. 놈은 아직 우리와 함께할 마음이 없어 보이더군."

"무슨 나태한 소리야. 오지 않겠다고 하면 억지로 끌고 오면 되는 거 아냐?"

현무와 대화를 주고받던 청룡이 자리에서 일어나려고 할 때였다. 술잔을 들고 있던 주작이 손을 움직였다. 그녀의 손에 들렸던 술잔이 탁자와 부딪치며 산산조각이 났다.

째앵!

동시에 그녀의 손바닥에 술이 잔뜩 묻어 버렸다.

주작이 청룡을 노려보며 말했다.

"까불지 마. 배때기에 화살 구멍 나고 싶지 않으면."

이글거리는 눈동자로 노려보는 주작을 본 청룡이 어깨를 으쓱하며 말했다.

"무섭네."

"백호에게 함부로 굴면 용서 안 해."

그녀의 경고 어린 말에 청룡은 그저 웃으며 다시금 자리에 앉았다. 청룡은 자신의 손가락에 걸린 반지를 만지고 있었고, 잠시 화를 삭인 주작은 이내 손에 묻은 술을 털어 냈다.

그러고는 청룡을 힐끔 쳐다보며 물었다.

"시작된 거야?"

주작의 질문에 청룡이 의자에 등을 기댄 채로 고개를 끄덕였다. 그가 창을 통해 바깥을 잠시 살피다가 중얼거렸다.

"시간상으로 봤을 때 슬슬 만나지 않았을까 싶은데."

말을 내뱉은 청룡이 입가에 함박웃음을 머금었다. 그가

탁자에 손을 얹는 순간 반지를 통해 검은 기운이 주변으로 넘쳐났다.

그 순간 탁자가 먼지가 되어 사라졌다.

흑련석의 기운을 뿜어내는 청룡이 자신감 가득한 어조로 말했다.

"오래들 기다렸다. 하지만 이제 다 됐다. 곧…… 우리가 꿈꾸던 세상이 온다."

제6장. 압도
— 저기가 내 자리요?

대전에 모여 있던 젊은 무인들에게 갑자기 등장한 사내
는 무척이나 낯선 인물이었다. 그렇지만 어느 정도 나이가
있는 이들은 지금 대전에 모습을 드러낸 사내가 누구인지
단번에 알았다.

어찌 저 사내를 모를 수 있단 말인가.

중원 최강의 무인, 천하제일인 월천후를!

허나 월천후의 얼굴을 모르는 이들도, 알고 있는 이들도
하나만은 분명히 알 수밖에 없었다. 그가 대전에 들어서는
순간 느껴졌던 그 강한 압박감을.

몸에 흐르는 전율을!

젊은 무인들은 자신도 모르게 무릎을 꿇은 상태에서 상대를 바라봤다. 대체 누구일까? 대체 누구이기에 이런 말도 안 되는 일을 가능케 하는 것일까?

그러던 와중에 앞으로 나선 은설란이 월천후의 정체에 대해 밝혔다.

천하제일인이라는 말에 젊은 무인들의 얼굴에 놀라운 기색이 담겼다.

천하제일인이라 불릴 수 있는 건 단 한 명뿐이니까.

무림에 모습을 드러내지 않은 지 오래되었지만 그 존재감만으로도 온 중원을 들끓게 만들 수 있는 유일무이한 존재.

모습을 드러낸 월천후의 정체를 알게 된 젊은 무인들의 얼굴에는 선망의 기운이 서렸다.

어렸을 적부터 꿈꿔 오던 그 이상향이 자신들의 눈앞에 있는데 어찌 감격하지 않을 수 있으랴. 떨리는 시선들이 월천후에게 틀어박혀 있을 때였다.

무릎을 꿇었던 은설란이 조심스럽게 몸을 일으켜 세웠다. 월천후를 마주한 그녀의 얼굴에는 알 수 없는 묘한 표정이 서려 있었다.

월천후가 가볍게 고개를 들어 길 끝에 있는 봉황이 새겨진 의자를 바라봤다.

단 한마디의 말도 없이 좌중을 무릎 꿇게 만든 그의 입이 처음으로 열렸다.

"저기가 내 자리요?"

낮은 중저음의 목소리는 무척이나 매력적이다.

그리고 그 한마디에는 모두를 휘어잡는 힘이 느껴졌다.

월천후의 질문에 은설란이 고개를 끄덕였다.

하지만 그런 지금의 상황에 맹주파의 노고수들은 당황한 빛을 내비쳤다. 지금 월천후가 말한 봉황이 새겨진 의자가 무엇인가.

봉황의(鳳凰椅)라 불리는 맹주만이 앉을 수 있는 자리가 아니던가.

그 누구도 입을 열지 못하는 때에 걸음을 옮기기 시작한 월천후가 아무렇지 않게 봉황의에 올랐다. 그가 의자에 손잡이를 손가락으로 가볍게 쓸더니 이내 몸을 돌려 착석했다.

월천후는 자리에 앉으며 쏟아 내던 기운을 회수했다.

그러자 지독할 정도로 내리누르던 공기가 순식간에 사라졌다.

기운을 회수했음에도 불구하고, 그 누구도 섣부르게 입을 열지 않았다. 수백이 모여 있는 대전 내부에서 숨소리조차 느껴지지 않을 정도였다.

월천후의 생각지도 못한 등장에 당황해 아무런 말도 하지 못하던 주기진이 황급히 정신을 차렸다. 그가 황급히 봉황의로 다가갔다.

"워, 월 대협. 그 자리는 맹주님만의 자리요."

나이가 훨씬 많은 주기진조차 월천후와 마주하자 자신도 모르게 쩔쩔매고 있음을 느꼈다.

주기진이 자신을 제지하자 월천후가 슬쩍 시선을 돌려 그를 마주 봤다. 눈빛이 마주하는 순간 밀려드는 강렬한 기운에 주기진은 다시금 천하제일인이라는 이름을 실감케 됐다.

'믿을 수 없이 강하군.'

주기진은 마주 보는 것만으로도 절로 긴장을 할 수밖에 없었다.

봉황의에 앉아 있는 월천후가 입을 열었다.

"맹주의 자리에 제가 부족합니까?"

"그런 문제가 아니오. 그저 지금 앉아 있는 그 자리는 맹주님의……."

주기진이 말을 꺼내어 갈 때였다.

그의 옆으로 은설란이 다가왔다.

그녀가 주기진을, 그리고 맹주파의 사람들을 하나씩 바라보다가 말했다.

"맹주님이 사라진 그날부터 다들 말하셨잖아요. 지금 맹주의 자리에는 율무천 맹주님만 한 인물이 없다, 그분을 대신할 만한 이가 없는 이상 공석이 된 맹주직은 우선은 비워 두는 게 옳다. 그분은 곧 돌아오실 거다. 다들 이렇게 말하지 않으셨나요?"

"……."

주기진이 말없이 그녀를 응시했다.

은설란은 모두의 시선을 잡아끈 상태로 봉황의에 앉아 있는 월천후를 올려다봤다. 그녀는 월천후를 한 번 바라보고는 이내 좌중들을 향해 시선을 돌리며 자신 있는 미소를 머금었다.

"그래서 모셨어요. 전 맹주님보다 모든 부분에서 뛰어난 유일한 분을요. 어때요? 원하시던 분을 모셔왔는데."

은설란이 말을 내뱉고는 맹주파의 인물들을 하나씩 바라봤다. 그녀의 시선을 마주하자 어색한 듯 모두가 눈을 피했다.

은설란의 말에 반박할 만한 것을 찾을 수가 없어서다.

맹주파가 새로운 맹주를 뽑는 걸 반대하며 가장 크게 말하던 것이 어떤 것이었는가.

아직 맹주님이 어찌 되었는지 알 수 없고, 지금의 맹주님의 뒤를 이을 만한 재목이 없으니 우선은 그 자리를 공석으로 두고 천천히 시간을 두자고 주장했다.

그들은 확신이 있었다.

작금의 무림에서 그 누구도 율무천을 대신할 수 없을 거라는 확신이. 그렇지만 그런 그들의 요구에 은설란이 답을 내놓은 것이다.

그것도 천하제일인이라는 가장 완벽하고, 유일하게 그들의 입을 함구하게 만들어 버릴 수 있는 패를.

모두가 침묵하자 어떻게든 이 상황을 타개해야 된다 생각한 주기진이 힘겹게 입을 열었다.

"비각주, 자네의 말이 맞네. 월 대협이라면 우리가 주장했던 모든 것에 부합하는 분이지. 다만 너무 이르지 않은가. 열흘일세. 열흘 모습을 비추지 않으셨다는 것 하나만으로 수십 년간 무림맹을 위해 살아오신 그분의 직위를 해제한다는 건 아니라 생각되지 않는가."

어떻게든 지금의 상황을 넘기기 위해 말을 하고는 있지만 주기진 또한 알고 있다.

율무천에게 그냥 무슨 일이 생겼을 리는 없다.

분명 저들 그림자회가 개입되었을 것이고, 월천후라는 패까지 이렇게 완벽하게 준비한 것을 보면 율무천은 아마도 이미 이 세상 사람이 아닐 게다.

그 사실을 다시금 상기하는 주기진의 얼굴에는 많은 표정들이 오갔다.

대체 어떻게 이런 일이 벌어진 것일까.

월천후라니.

실종되어 그 누구도 찾지 못하던 그가 왜 지금 와서 그림자회와 함께 모습을 드러냈단 말인가. 자신의 딸인 월하린이 많은 이들에게 쫓기는 위험에 처했을 때조차도 행방불명이었던 그다.

그런데…….

주기진은 어떻게든 분위기를 쇄신하려 했다.

그렇지만 그는 알고 있었다. 대전의 흐르는 바람의 방향이 완전히 바뀌어 버렸다는 것을. 방금 전까지만 해도 힘차게 자신의 주장을 펼쳐 대던 맹주파의 인원들조차도 입을 굳게 닫고 있다.

노고수들은 자신들이 내뱉었던 조건에 부합되는 인물이 등장한 탓에, 젊은 무인들은 동경했던 이의 등장으로 완전히 넋을 잃고야 말았다.

맹주파에 속한 문파의 무인들조차도 월천후라면 괜찮지 않을까 하는 생각이 마음 한구석을 파고들고 있는 것이 눈에 보일 정도였다.

심지어 반대하고 있는 주기진도 크게 다르지 않았다.

만약 월천후가 반맹주파가 내세운 인물만 아니었다면 그 또한 고개를 끄덕였으리라.

월천후는 훌륭한 인품을 지닌 지다.

그것은 믿지만…… 반맹주파가 내세운 이상 제아무리 그라고 해도 쉽사리 승낙할 수 없는 것이다.

어떻게든 상황을 넘기려 하는 주기진을 향해 은설란이 조건을 제시했다.

"그럼 이렇게 하죠."

그녀가 주기진에게 다가가며 말을 이었다.

"맹주님을 기다리시는 쪽 분들이 원하시는 조건에 부합되는 분을 모셔 왔어요. 그럼에도 불구하고 안 된다고 우기시는 것도 우스운 일이지만 저희 또한 한 걸음 양보하죠."

"양보라 하면 어떤 걸 말하는 것인가?"

"삼 개월. 삼 개월 동안 월 대협께서 예비 맹주직을 맡으시는 거예요. 그 안에 율무천 맹주님께서 돌아오신다면 원래의 무림맹으로 돌아가면 되고, 아주 만약에 그때까지 돌아오지 않으신다면…… 그땐 월 대협이 정식으로 그 자리에 앉는 걸로 하죠."

"……"

은설란의 제안이 주기진은 입술을 깨물었다.

분명 이미 모든 게 준비된 상황이니 맹주 측 사람들이 불리할 조건일 것이 분명하다. 그렇지만 문제는 지금 이 주장을 반박할 만한 그 어떠한 명분도 자신들에게는 없는 거다.

월천후가 무림맹주가 된다면 무림맹의 입장으로서 엄청난 것들을 얻게 될 것이다.

정파와 사파의 사이는 평화롭다.

아니, 평화로운 것처럼 보인다. 허나 두 세력은 언제라도 터질 수 있는 화약고 같은 상황이다. 그건 그만큼 두 세력의 힘이 엇비슷한 상황이기 때문이다.

그런 지금 중립적인 노선을 걸어오던 월천후가 무림맹주가 된다면?

힘의 추는 이쪽으로 기운다.

단 한 명뿐이지만 그것을 가능하게 하는 것이 바로 월천후라는 인물이다. 그의 무공인 진마멸천신공이 무림에 나왔다는 이유만으로 정파고 사파고 월하린을 노리지 않았던가.

그 모든 걸 완벽하게 익히고 있는 자가 직접 모습을 드러냈으니 파급력은 그때와 비할 것이 아니다.

거절하고 싶은 제안, 그렇지만 거절할 수가 없다.

삼 개월이라는 시간을 번 것만도 만족해야 할 상황이었다.

주기진이 슬쩍 뒤편에 있는 다른 이들의 얼굴을 살폈다. 그들 또한 딱히 어떤 대안을 내놓을 수 있는 상황이 아니었다.

주기진은 결국 은설란의 제안을 받아들였다.

"그리하도록 하지."

"좋아요. 그럼 삼 개월이 될지도 모르겠지만 그 기간 동안이라도 월 대협을 맹주님으로 모시는 걸로 결론 내리죠."

결론이 떨어지는 순간이었다.

대화를 듣고만 있던 젊은 무인 중 하나가 박수를 치기 시작했고, 이내 그 박수는 전염이라도 된 것처럼 주변으로 퍼져 나갔다.

임시이긴 하지만 월천후를 맹주로 모시게 되었다는 것에 희열을 느끼는 모양새가 역력했다.

주기진이 봉황의에 앉아 있는 월천후를 향해 포권을 취했다.

"그럼 삼 개월 동안 부탁하겠소이다, 월천후 대협."

"기대에 부응할 수 있게 최선을 다하지요."

예의 바른 어투로 월천후가 대답했다.

그들만의 대화가 모두 끝나고 대부분의 무인들이 경외에 찬 시선으로 월천후를 바라보고 있을 때였다. 조용한 대전을 가르며 누군가의 목소리가 울렸다.

"어이, 이봐. 그것보다 먼저 챙겨야 되는 게 있는 거 아냐?"

화가 난 목소리의 주인공은 바로 백호였다.

모두가 월천후의 등장에 넋을 잃거나 감동하고 있는 이런 분위기에 휩쓸리지 않은 유일한 한 명.

백호는 무척이나 화가 나 있었다.

그런 그의 행동에 월천후의 시선이 그쪽으로 향했다.

월천후가 입을 열었다.

"자네는 누구인……."

"내가 누구인지가 중요한 게 아니고!"

백호가 버럭 소리쳤다.

그가 옆에 있는 월하린을 바라봤다.

그녀는 월천후가 처음 모습을 드러내는 그 순간부터 그저 말없이 눈물만 뚝뚝 흘리고 있었다. 목이 메는지 고개마저 반쯤 숙인 채로 아무런 말도 하지 못하고 있는 월하린.

그녀의 눈에서 계속해서 터져 나오는 눈물이 백호의 마음을 아프게 만들었다. 그런 월하린을 옆에서 바라보는 백호는 이미 화가 폭발한 상태였다.

"나 말고 이 녀석! 이 녀석 안 보여?"

백호가 이렇게 화를 내는 이유는 바로 그녀 때문이다.

월하린.

그녀가 울고 있다.

우는 건 뭐 그렇다 치자. 죽은 줄 알았던 아버지를 만났으니 감격의 눈물을 흘리는 건 당연한 일이다. 그렇지만 그 오랜 시간을 버려 두고 지금에 와서도 눈길 한 번 주지 않는 월천후이 모습에 백호는 점점 화가 쌓이더니 마침내 폭발하고야 만 것이다.

　백호의 외침에 그제야 월천후가 옆으로 시선을 돌려 울고 있는 월하린을 바라봤다.

　눈물이 가득한 그녀와 월천후의 눈이 처음으로 마주쳤다. 월하린과 눈이 마주하는 순간 월천후는 잠시 움찔했다. 그러나 이내 그는 평정심을 되찾았다.

　월천후를 향해 백호가 말했다.

　"그래, 이제는 보여?"

　백호의 행동에 사람들이 눈살을 찌푸렸다.

　천하제일인 월천후를 대하는 백호의 행동이 무례하다 여겼기 때문이다. 실제 백호의 나이를 모르는 이들로서는 새파랗게 어린놈이 월천후에게 반말이나 툭툭 내뱉는 걸로 보일 수밖에 없었다.

　더군다나 월천후는 모두의 우상과도 같은 존재다.

　그런 그에게 막 대한다는 자체가 흡사 자신이 모욕받은 것만 같은 느낌까지 들었다.

　모두가 우러러보며 함부로 대할 수 없는 존재.

　허나 백호에겐 아니었다.

　백호가 성이 난 목소리로 소리쳤다.

　"뭐하는 거야? 그냥 보고만 있을 생각이야? 아비라는 작자가 사라지고 수도 없이 죽을 고비를 넘기면서도, 당신에 대한 불만 한 번 토하지 않는 이 바보가 대견하지도 않냐?"

눈물을 쏟아 내던 월하린이 백호의 옷깃을 잡아당겼다.

그만해도 된다고. 지금은 이렇게 만난 것만으로도 족하다고 말하는 것만 같았다.

그런 월하린의 모습에 백호는 더 울분이 터졌다.

생사의 고비를 수도 없이 넘겼다.

자신을 만나기 전부터 계속해서 쫓겼고, 독에 당하기도 하고 아직까지도 조금 발을 절뚝거리기까지 한다.

이 모든 것이 저자가 사라진 탓에 벌어진 일이 아니던가. 최소한 그랬다면 이렇게 굴어서는 안 된다.

마치 남인 것처럼 시선 한 번 주지 않으면 안 되는 것이다.

백호가 화를 참기 힘든지 말을 이었다.

"이곳에 왔으면 가장 먼저 월하린을 찾아야 하는 거 아냐? 아무리 맹주인지 뭔지가 중요하다고 해도 적어도 이 자리에 왔다면 월하린부터 보여야지!"

"나는……."

월천후가 중얼거릴 때였다.

"그만! 예의를 갖춰요, 당신."

은설란이 둘 사이에 개입했다. 그녀가 백호를 향해 똑바로 바라보며 재차 말했다.

"당신이 왈가왈부 떠들 일이 아니에요. 그리고 이분이

누군지 몰라요? 천하제일인이시자 새로운 맹주님께 당신 말투가 대체 그게……."

"그게 뭐? 천하제일인이 나랑 무슨 상관인데?"

백호에게 보이는 건 월천후가 아닌 월하린뿐이었다. 모두가 천하제일인을 보고 있을 때도 백호는 계속해서 그녀만 바라봤다.

그 순간 봉황의에 있던 월천후가 일어났다.

월천후가 입을 열었다.

"곧 찾아가지."

말을 마친 월천후는 단상을 내려가더니 서 있는 은설란과 함께 반맹주파를 이끌고 대전을 나서려 했다. 그런 그의 모습에 백호가 달려들려 했다.

"어이! 당신 귓구멍이……."

"이게 무슨 행동이냐!"

몇몇 젊은 무인들이 길을 막아섰고, 그런 그들의 모습을 슬쩍 바라본 월천후는 계속해서 걸음을 옮겼다. 백호는 짜증이 가득한 얼굴로 이를 갈았다.

그리 말했음에도 불구하고 그냥 가 버리는 월천후의 모습에 화가 점점 쌓여가는 느낌이다.

앞을 가로막은 젊은 무인들도, 그리고 이 따가운 경멸의 시선까지도 백호를 짜증 나게 만드는 요인이었다. 많은 이들이 백호에게 안 좋은 시선을 보내고 있었다.

주기진이 걱정스러운 표정을 지어 보였다.

'이 많은 이들 앞에서 월 대협에게 저리 행동했으니 미운털이 단단히 박히겠군.'

하지만 그 순간 그 누구도 상상도 하지 못한 일이 벌어졌다.

백호가 앞을 막아서고 있던 무인 중 하나를 향해 일장을 날렸다.

뻐엉!

그의 몸이 마치 던져진 돌멩이처럼 날아갔다.

그리고 그자는 그대로 월천후의 바로 앞까지 향했다. 월천후의 발아래에 쓰러진 그는 그대로 혼절해 버렸다.

발걸음을 멈추어야만 했던 월천후가 고개를 돌려 백호를 바라봤다. 지금 이 상황에 모두가 당황하고 있을 때, 백호가 말했다.

"동이 틀 때까지야. 동이 틀 때까지 기다렸는데도 오지 않는다면…… 그땐 내가 당신을 끌고 오기 위해 갈 거야. 그리고 내가 찾아가는 그 순간 당신을 개처럼이라도 끌고 가고야 말 거야. 내 말 명심해."

"……."

잠시 백호를 바라보던 월천후가 걸음을 옮겼다.

그가 빠른 걸음으로 대전을 벗어났고, 웅성거림은 점점 커지기 시작했다. 그 모든 건 백호에 대한 비난에 가까웠다.

하지만 백호는 그런 주변의 소리에는 아랑곳하지 않았다. 그는 울고 있는 월하린에게 다가갔다.

"자꾸 울 거냐?"

월하린이 고개를 도리질 쳤다.

할 말이 참 많았는데…… 아버지를 만나면 참 할 말이 많았는데 이상하게 목이 메어 단 한마디도 하지 못했다.

그렇게 바보같이 멀어지는 아버지를 보며 눈물만 흘려야 했다.

백호는 울고 있는 월하린을 안쓰럽게 바라보다 이내 자신이 걸치고 있던 장포를 풀어 그녀의 머리에 덮었다.

그녀의 우는 모습을 다른 사람에게는 보이고 싶지 않았다.

"가자."

백호가 월하린의 손목을 잡아채고 걸었다.

사람들이 막아서고 있는 곳으로 걸어가며 백호가 입을 열었다.

"비켜라. 안 보이냐?"

많은 이들이 그런 백호에게 길을 터 주면서도 불쾌한 듯한 시선들을 보냈고, 그런 모습을 본 주기진이 안타깝다는 듯 고개를 저었다.

'단번에 악당이 되어 버렸군.'

백호 또한 이런 분위기를 너무나 잘 알았다.

하지만 그게 무슨 상관인가?

악당? 필요하다면 그것보다 더한 것도 되어 줄 수 있었다.

그게 월하린, 그녀 때문이라면.

*　　*　　*

백호가 무림맹 내부를 가로지르며 걷고 있었다.

그의 표정은 살기가 등등해서, 그 누구도 쉬이 접근하기 어려운 모습이었다. 백호는 순식간에 목적지에 도달했다.

백호가 향한 곳은 현무가 항상 머무는 누각이었다.

성이 난 백호는 목적지에 도착했지만 아쉽게도 그곳에 현무는 보이지 않았다. 주변을 둘러보며 현무의 흔적을 살피던 백호의 눈에 이내 멀리에서 다가오는 한 남자의 모습이 들어왔다.

바깥에서 청룡과 주작을 만나고 돌아오는 현무였다.

홀로 걸어오는 현무를 발견한 백호는 삼 층 누각의 손잡이를 밟고 그대로 도약했다.

거리가 멀었지만 이 정도는 백호에게 아무런 장애물도 되시 못했다.

그가 나는 것만 같이 현무를 향해 다가갔다.

누각을 향해 걸어오던 현무 또한 백호의 기척을 느끼고는 발걸음을 멈췄다. 현무의 코앞으로 백호가 떨어져 내렸다.

"여긴 어쩐……."

퍼억!

말이 채 끝나기도 전이었다.

백호가 주먹으로 현무의 얼굴을 한 방 가격했다. 고개가 휙 돌아갈 정도로 힘이 실린 주먹이었다. 현무가 입가에 고인 침을 뱉었다.

"퉤."

왼쪽 뺨부터 해서 이까지 얼얼하다.

얼굴을 맞았음에도 불구하고 현무는 감정적 동요를 보이지 않았다. 고개를 돌린 그가 입을 열었다.

"갑자기 왜 이래?"

"몰라서 물어?"

백호가 으르렁거렸다.

화가 잔뜩 난 백호의 질문에 현무가 모르겠다는 듯 고개를 끄덕였다. 그러자 백호가 그의 어깨 부분의 옷깃을 강하게 말아 쥐었다.

"천하제일인. 그자를 그 망할 인간 여자가 데리고 왔어. 왜? 너도 몰랐다고 하지는 않겠지?"

"……맞아. 나도 알았다."

현무 또한 속일 생각이 없는지 솔직히 대답했다.

백호가 이곳까지 단번에 달려온 것은 바로 월천후와 관련해서다. 그가 이렇게 모습을 드러냈고, 그 모든 것의 배후에는 은설란이 있는 것만 같아 보였다.

은설란이 아는 일이었다면 항상 붙어 다니던 현무가 모를 리 없다 생각한 것이다.

그리고 예상은 적중했다.

현무 또한 오늘 그가 오는 걸 알고 있었다는 대답에 백호가 애써 터져 나오는 화를 꾹꾹 누르며 물었다.

"언제부터 알았냐?"

"뭘?"

"월하린의 아버지, 그자가 살아 있는 것에 대해 언제부터 알았냐고."

"그가 실종됐다고 알려진 그때부터 살아 있는 걸 알았다. 어디 있는지도 알았고."

현무는 아무렇지 않게 담담하니 말했지만 듣는 백호는 열불이 터질 지경이었다. 얼마나 화가 치솟는지 자신도 모르게 웃음이 터져 나왔다.

"그럼 처음부터 그자가 살아 있고, 어디에 있는지도 알았다 이 말이냐?"

"응."

백호가 혹시나 하는 얼굴로 물었다.

"이건 진짜 설마 해서 묻는 건데 이 사실 다른 놈들도 알고 있었냐?"

"주작과 청룡이 알고 있었냐고 묻는 거면 맞아. 그 둘도 알고 있었다."

"이 새끼들이!"

백호가 주먹을 치켜들며 현무에게 바짝 몸을 붙여 세웠다. 옷깃을 잡은 채로 당장이라도 주먹을 날릴 듯이 다가섰던 백호가 이내 현무의 어깨를 팍 밀치면서 손을 놔 버렸다.

그런 백호의 행동에 두어 걸음 밀려났던 현무가 이내 다시금 정면을 바라봤다.

백호가 이를 드러낸 채로 말했다.

"너희들 나랑 장난치냐? 모두가 알고 있었다고? 나만 빼고?"

"맞아. 그런데 그게 뭐 문제라도 있나?"

"나한테 왜 말 안 했냐?"

"네 일도 아니었고 물어보지 않았으니까."

현무의 대답에 백호가 짧게 한숨을 내쉬었다.

맞다. 이놈들은 전부 그런 놈들이었다. 그리고 비단 그랬던 것은 이들뿐만이 아니다. 백호도 그렇게 살아왔었고,

이런 것에 대해 서로 잘못이라 여기지도 않았었다.

하지만 이제는 다르다. 백호가 현무를 향해 경고한다는 듯 말했다.

"똑똑히 잘 들어. 이제부터 월하린과 관련된 일이면 내 일이라고 생각해."

"……어째서?"

"그냥 시키면 시키는 대로 해! 그러니까 이제부터 너뿐만이 아니라 다른 두 놈도 월하린과 관련된 일이라면 묻지 않아도 말하라고 전해. 알겠냐?"

알고 싶은 건 알았지만 아직도 울분이 풀리지 않았고, 또 이것저것 묻고 싶은 것도 있었지만 백호는 말을 멈췄다.

지금은 이곳에서 현무에게 화를 내고 있는 것보다 월하린의 옆에 있고 싶었다.

백호가 몸을 돌려 월하린이 있는 곳으로 걸음을 옮길 때였다. 가만히 서 있던 현무가 입을 열었다.

"……너 위험한 거 아니냐?"

현무의 말에 백호가 발걸음을 멈췄다. 그게 무슨 말이냐는 듯 백호가 현무를 흘겨볼 때였다.

"위험해 보인다고."

"뭐가 위험해 보인다는 거야?"

"지금 네 모습에 대해 말하는 거디."

"내 모습이 왜?"

"몰라서 묻는 거냐?"

"그럼 알면서 내가 물어보는 거 본 적 있어? 짜증 나게 말 비비 꼬지 말고 할 말 있으면 빨리해. 네놈하고 노닥거릴 시간 없으니까."

급하다는 듯 재촉하는 백호의 모습.

이것도 문제였다.

"지금 네가 하는 것들이 정상처럼 느껴지냐?"

"이 새끼가 말 제대로 하라는데 또 못 알아 처먹게 이야기하네."

백호가 아예 몸을 돌려세웠다.

그의 얼굴에 담긴 표정이 짜증을 넘어섰다.

가뜩이나 현무를 비롯한 청룡과 주작에게도 화가 나 있는 상태였다. 그렇지만 원래 그랬던 놈들이고, 자신 또한 그게 정상이라 생각하며 살아왔던 때가 있었으니 그냥 애써 참으려 했다.

그런데 계속해서 현무가 이렇게 나오자 애써 참던 화가 다시금 비집고 나오는 기분이다.

백호가 도저히 참지 못하고 주먹을 움켜쥐었을 때다.

"잘 생각해 봐. 예전의 네가 인간 때문에 다른 누구에게 화를 내거나, 또 신경 쓰거나 한 적 있었어?"

"없었지."

"그런데 지금은?"

"월하린에 대해 말하는 거냐? 그거야 그녀는…… 특별 하니까."

"어째서? 왜 그녀가 특별하지?"

"음, 그건……."

이런 적이 없는데 뭔가 둘러대야 할 것만 같은 기분이 드는 묘한 느낌이다.

현무의 물음에 잠시 답하지 못하고 고민하던 백호가 이 내 황급히 답을 만들어 냈다.

"월하린한테서 진마멸천신공을 배우고 싶으니까."

"그래? 그럼 내가 월천후에게 부탁해 보지. 그러니 그 여자랑 이제 떨어질래?"

"어?"

백호가 당황했다.

생각해 보니 그렇다.

진마멸천신공을 배우고 싶어 월하린의 옆에 붙어서 지냈 다. 그런데 현무의 말대로 굳이 그것만을 위해서라면 오히 려 월천후에게 직접 배우는 것이 몇 배는 낫다.

물론 이 모든 것이 가르쳐 준다는 전제하에 나오는 말이 지만, 진마멸천신공에 대해 함구하는 건 월하린 또한 마찬가지다.

그리고 현무 또한 애초부터 월천후에게 그 같은 부탁을 할 생각 따위는 없었다.

이 모든 건 백호의 마음을 확인하기 위해서였다.

현무가 말없이 그를 바라보고 있을 때였다.

백호가 서둘러 말을 돌렸다.

"그놈은 별로 맘에 안 들어. 그냥 월하린한테……."

"사랑이로군."

"뭐어?"

백호가 얼빠진 소리라도 들은 것처럼 현무를 바라봤다. 그런 백호의 시선을 현무는 피하지 않았다. 똑바로 그를 바라보며 현무가 재차 말했다.

"내가 위험해 보인다고 했던 이유다. 요괴가 인간을 사랑하다니…… 이건 말이 안 되잖아, 백호. 제정신이냐?"

현무의 말에 잠시 당황했던 백호가 이내 크게 웃음을 터트렸다.

"푸하하! 너 미쳤냐? 사랑이라니? 닭살 돋게 왜 이래. 난 그냥 월하린의 옆에 있고 싶고, 그녀가 울면 화가 나면서도 이상하게 안쓰럽고…… 뭐, 그냥 지켜 주고 싶고 그런 것뿐이야. 아, 물론 종종 귀엽거나 예쁘다는 생각이 들긴 해. 자려고 누워 있을 때 생각나기도 하고, 꿈에서도 나오고 그러긴 하지만…… 겨우 그거뿐이라니까? 사랑은 무슨. 나 바쁘니까 그딴 헛소리 할 거면 다른 놈 붙잡고 하라고."

말을 마친 백호는 빠른 걸음으로 걷기 시작했다.

못 들을 걸 들었다는 듯이 재빠르게 멀어져 가는 백호의 뒷모습을 현무는 말없이 바라봤다. 그의 모습이 눈에 들어오지 않을 정도로 멀어졌을 때 현무가 나지막이 입을 열었다.

"지금 네가 말한 그게…… 사랑이다."

*   *   *

연성각 월하린의 거처에 모두가 함께 자리했다.

현무를 만나고 온 백호는 이유를 알 수 없는 혼란에 잠시 휩싸이긴 했지만 이내 정신을 차렸다. 자리에 앉은 채로 아버지인 월천후의 연락을 기다리는 월하린 때문이다.

그녀는 이제 많이 진정이 된 상태였다.

월하린은 뭐가 그리도 좋은지 가만히 앉아서도 계속해서 웃고 있었다. 그런 그녀를 바라보던 백호가 물었다.

"그렇게 좋냐?"

"그럼요. 백호 당신의 말대로 살아 있을 거라고 계속 믿으려 했지만 그래도 사실은 조금 불안했거든요."

백호의 살아 있을 거라는 말에 억지로 용기를 내 왔다.

그렇지만 일 년이라는 시간 동안 사라진 채 아무런 흔적조차 찾지 못했다.

현실적으로 봤을 때 살아 있을 확률보다 죽었을 확률이 훨씬 높았다는 거다. 그런데 아버지가 눈앞에 나타났다. 그러니 어찌 기쁘지 않을 수 있겠는가.

마냥 기뻐하는 월하린과 다르게 백호의 얼굴에는 일말의 걱정스러움이 묻어났다.

그가 바깥을 슬쩍슬쩍 바라봤다.

짙었던 어둠이 서서히 옅어진다는 느낌이다.

그 말은 곧 얼마 지나지 않아 동이 튼다는 걸 의미했다.

말은 하지 않았지만 백호는 월하린이 걱정됐다.

'오지 않으면 마음 아플 텐데…….'

동이 틀 때까지 오지 않는다면 강제로라도 끌고 오겠다고 윽박을 질렀던 백호다.

자신이 한 말에 책임을 지지 못할까 봐 걱정하는 게 아니다. 그저 그때까지 아버지가 오지 않음으로 인해 월하린의 마음에 상처가 생기지 않을까 신경이 쓰이는 것이다.

하지만 이내 백호는 고개를 저었다.

'아니지. 지금 왜 그런 걸 걱정하는 거야?'

백호는 괜히 현무에게 짜증이 났다.

망할 놈이 왜 그런 쓸데없는 소리는 해 가지고 이렇게

신경이 쓰이게 만드는 건지……

백호가 현무와의 대화를 생각하며 이유도 모른 채 답답해할 때였다.

의자에 걸터앉아 있던 아운이 실실 웃다가 물었다.

"그나저나 백호님. 또 한 건 하셨다면서요?"

그곳에 참석하지 않았음에도 불구하고 이미 그 소문은 무림맹 내부에 파다하게 퍼졌다.

임시 무림맹주직에 월천후가 앉았다는 것, 그리고 대전 회의에서 월천후에게 한 명의 무인이 반말로 버럭 소리를 질러 댄 것까지도.

물론 그 후자가 백호라는 걸 모르는 이는 없었다.

별거 아니라는 듯 앉아 있는 백호를 향해 아운이 재차 말했다.

"정파 무인들한테 미운털 톡톡히 박히셨다던데요. 차라리 이참에 사파로 확 넘어오시죠? 백호님 정도라면 저희 쪽에서는 대환영입니다."

그런 아운의 말에 월하린이 백호를 돕고 나섰다.

"아니에요. 제가 계속 울고 있으니까 백호가 신경 써 준 건데요 뭘. 지금 당장에야 다들 뭐라 할지 몰라도 곧 조용해질 거예요. 걱정하지 말아요, 백호."

"괜찮아. 난 신경 안 쓰니까."

백호가 뚱하니 말했다.

당시에 자신을 향해 떠들어 대던 놈들보다도, 지금 점점 밝아져 오는 바깥의 풍경이 훨씬 더 신경이 쓰이는 백호였다.

'하, 그 망할 인간 그렇게 말했는데도 안 와?'

백호가 가볍게 발을 굴러 댔다.

안절부절못하며 창밖을 연신 살펴 대는 백호의 시선을 느낀 월하린이 괜찮다는 듯 그를 다독였다.

"막 무림맹주에 취임하셨으니 하실 일이 많으시겠죠. 살아 있으신 것만 해도 어디예요. 다들 밤을 새우셔서 피곤하실 텐데 차라리 조금이라도 눈 좀 붙여요."

"그건 아니지. 아무리 바빠도 자기 딸 얼굴 한 번 보러 안 온다는 게 말이 돼?"

백호가 참지 못하고 자리에서 일어났다.

그런 백호의 모습에 전우신이 놀란 듯이 물었다.

"백호님. 설마 진짜로 월 대협을 끌고 오시려고 하시는 건⋯⋯."

백호가 당연하다는 듯 고개를 끄덕였다.

개처럼 끌고 오겠다고 경고했던 백호는 자신이 한 말을 실행에 옮기려 하고 있었다. 그런 그를 월하린이 어떻게든 말리려 했다.

가뜩이나 많은 이들이 백호를 고깝게 보고 있는데, 괜한 분란을 일으켜서 그에게 좋을 게 없다 느꼈던 것이다.

자신을 위해 주는 마음, 그거 하나만으로도 어찌나 고마운지…… 아버지에 대한 섭섭한 감정이 느껴지지 않는 건 모두 백호 때문이리라.

백호가 이렇게 대신해서 화를 내 주고 챙겨 준 덕분이다.

월하린이 방을 나가려는 백호의 손을 살며시 잡았다.

백호가 시선을 내려 월하린을 바라봤고, 그녀가 정말로 괜찮다는 듯 웃었다.

"백호, 정말 괜찮아요. 당신 덕분에 하나도 화 안 나는 걸요. 그냥 며칠만 더 기다려 보고 그때도 바쁘셔서 못 오시면 제가 찾아가 볼게요."

"맞습니다. 궁주님 말씀대로 하시는 게……."

전우신 또한 지금 분란을 피하는 게 좋다 생각했는지 애써 백호를 회유하려 들었다.

그때였다.

"나를 찾는가?"

갑자기 들려온 목소리에 모두의 시선이 창문 쪽으로 향했다. 열린 창을 통해 한 사내의 얼굴이 들어왔다. 그를 보는 순간 백호를 제외한 자리에 앉아 있던 모두가 반사적으로 몸을 벌떡 일으켜 세웠다.

그곳에 월천후가 있었다.

딱딱하게 굳은 채로 전우신과 아운이 월천후를 바라보고 있을 때였다.

백호가 불만스레 말했다.

"왜 이렇게 늦어?"

그런 백호의 말에 월천후가 가볍게 웃어 보이며 대꾸했다.

"그래도 아직 동은 트기 전일세."

월천후가 손가락으로 점점 어둠이 밀려 나가는 하늘을 가리키며 말했다.

제7장. 목표물
— 내 작품을 망치게 둘 순 없지

　창으로 얼굴을 잠시 드러냈던 월천후는 곧 문을 통해 안으로 들어섰다. 그의 등장에 월하린의 얼굴에 화색이 돌았다.

　처음 대전에서 봤을 때 눈길조차 주지 않은 아버지에 대한 섭섭했던 마음이 눈 녹듯이 사라졌다.

　가까이 다가선 월천후가 입을 열었다.

　"잘 지냈느냐?"

　월하린을 향한 월천후의 그 한마디.

　월하린은 이상할 정도로 마음이 담담했다. 아버지를 다시 만나면 왜 사라졌었냐고 투정도 부리고, 안겨서 펑펑 울고 싶었다. 하고 싶은 말은 하루 종일 해도 모자랄 성도로 많았다.

그런데 왜일까?

오랜만에 만나서 그런지 이상할 정도로 낯선 느낌마저 든다.

하지만 그렇다고 해서 아버지와 다시 재회한 것이 기쁘지 않은 건 아니었다. 죽었을지도 모른다 생각했던 월천후가 이렇게 살아 있어서 월하린은 무척이나 행복했다.

월하린이 웃으며 대답했다.

"아버지가 사라지고, 처음엔 상황이 최악이었는데……."

말을 하던 월하린이 자신의 옆에 서 있는 이들을 하나씩 바라봤다. 전우신과 아운에게로 향했던 눈이 백호에게 이르러 멈추어 섰다.

아버지가 사라졌던 날부터 백호를 만나기 전까지.

월하린의 인생에서 가장 힘들었던 나날들이었다.

하루 종일 쫓겼고, 그 누구도 믿을 수 없었다. 살기 위해 동물 우리에도 숨었고 남장을 하기까지 했다.

하지만 참 신기하다.

그 모든 힘들었던 인생이 백호를 만난 이후부터는 거짓말처럼 즐거운 것들투성이로 변했다.

백하궁을 만들고, 자신을 노리는 자들에게 한 방을 먹여주기까지 했다. 당하기만 하던 자신이 오히려 그들의 머리

위에 있는 경험을 한 것이다.

백호를 만나서야 두 다리를 쭉 펴고 잘 수 있었고, 다시금 웃을 수 있었다. 그리고 항상 싸워 대는 저 두 명 또한 월하린에게는 웃음을 주는 요소 중 하나였다.

그녀가 행복한 얼굴로 말을 이었다.

"이들을 만나고는 괜찮았어요."

월하린의 생각지도 못한 말에 전우신과 아운은 잠시 당황했다. 같이 지내고는 있지만, 엄밀히 따지면 자신들은 감시자다.

물론 최근 들어 감시 임무를 소홀히 하고 백하궁 무인처럼 행동하는 건 사실이지만 월하린에게 직접 저런 이야기를 들으니 뭔가 묘한 기분이 들었다.

왠지 정말로 동료가 된 것 같은 그런 느낌.

설마 그녀가 그렇게까지 자신들을 생각해 줄 거라고는 생각 못 했다.

쑥스러운 듯이 전우신은 고개를 돌렸고, 아운은 헤헤거리며 코를 만지작거렸다.

월하린의 말을 들은 월천후가 대답했다.

"그래? 그렇다면 다행이구나."

무덤덤해 보이는 월천후의 대답에 둘의 대화를 옆에서 지켜만 보던 백호가 어이없다는 듯 물었다.

"그게 다야?"

"무사해서 다행이라 한 것인데 뭐 문제라도 있는가?"

백호의 반말에도 월천후는 별 거부감이 없어 보였다. 첫 만남부터 크게 소리를 지르며 반말을 해 댔으니 그럴 만도 했다.

그 말을 끝으로 아무런 말도 하지 않고 앉아 있는 월천후. 그런 그를 향해 월하린이 그간 궁금했던 것에 대해 물었다.

"그런데 대체 무슨 일이 있으셨던 거예요?"

"일이라니?"

"갑자기 소식이 두절되셨잖아요."

"아, 그건 어쩌다 보니 그렇게 되었구나."

월하린의 걱정스러운 말투와 달리 그 질문을 받은 월천후는 담담했다. 마치 별일 아니라는 듯 말하는 그의 모습을 본 월하린의 표정이 굳었다.

이렇게 담담하게 이야기할 건 아니었으니까.

그녀가 감정이 복받쳐 오르는 듯이 말했다.

"제가 얼마나 걱정했는지 알아요? 혹시나 크게 다치셨거나……."

말을 내뱉은 월하린이 잠시 입을 닫았다.

죽었을지도 모른다 생각했다는 말이 입 안에서 맴돌았다.

사실 월하린은 기분이 그리 좋지 않았다. 자신은 그렇게 걱정하고 찾아다녔는데 월천후는 그저 어쩌다 보니 그렇게 됐다 말하고 있었다.

그간 걱정했던 것들이 떠오르자 월하린은 목이 막혀 말을 잇지 못했다.

월하린이 입술을 깨물며 애써 감정을 억누르는 걸 바라보던 백호가 참지 못하고 끼어들었다.

"어쩌다 보니 그렇게 됐다는 말로 끝낼 건 아닌 것 같은데?"

"아까부터 묻고 싶었는데 자네는 누군가."

"백호."

"백호?"

월천후가 잠시 뭔가를 생각하는 듯했다.

그렇지만 그런 이름은 머리에 없는지 고개를 저었다.

"처음 듣는 이름이군. 특이한 무공을 익혀 백발로 변한 자들을 보긴 했는데 자네도 그런 건가?"

"왜 자꾸 딴소리야. 내 이야기 말고 월하린의 이야기를 하자니까. 이 녀석이 묻잖아. 혹시 연락하지 못했을 만한 무슨 이유가 있었냐고."

백호는 딴소리를 하는 월천후에게 짜증스럽게 말을 내뱉었다.

백호의 물음에 월천후가 답했다.

"그다지."

"……하아. 장난치는 것도 아니고."

백호가 월천후를 노려보며 중얼거렸다. 월하린에게 들었던 월천후는 무척이나 따뜻하고 딸을 사랑하는 사내였다.

그런데 지금 이자를 보고 있자면 월하린에게서 들었던 그자가 맞나 싶을 지경이었다.

그런 백호를 향해 월천후가 되물었다.

"내가 연락이 안 된 동안 무슨 일이 있었는지가 그렇게 중요한가?"

"당연하지! 당신이 사라지고 이 녀석이 얼마나 많은 일을 겪었는데. 그리고 당신이 사라진 이유가 자기 약을 찾으러 간 것 때문이라며 얼마나 힘들어했는데! 적어도 월하린한테는……."

"약?"

화가 난 듯 말하는 백호의 말을 가만히 듣고 있던 월천후가 갑자기 되물었다.

월천후의 시선이 백호에게서 월하린에게로 향했다. 월하린은 가만히 서 있었다. 주먹을 꼭 쥐고 입술을 깨문 채로 그녀가 월천후와 마주하고 있었다.

감정이 다시금 복받친 월하린이 억지로 눈물을 참고 있

었다. 그렁그렁한 눈물이 맺힌 눈을 정면으로 마주하자 월천후가 움찔했다.

그리고 아주 잠시 월천후는 월하린의 눈동자에 빨려 들어가고 있었다. 넋을 놓은 채 서 있던 월천후가 갑자기 손을 들어 자신의 미간을 눌렀다.

고통이 밀려든다.

"으음."

짧은 신음 소리와 함께 생각지도 못한 고통이 찾아왔다. 바로 그때였다.

찌르르르르!

새 소리가 울렸다.

그리고 그 순간 밀려들던 고통의 강도가 일순이나마 약해졌다. 그 덕분에 월천후는 숨을 돌릴 수 있었다.

길게 한숨을 내쉬었던 월천후가 다급히 말했다.

"시간이 없는데 너를 보기 위해 잠시 짬을 낸 것이다. 해야 할 일이 있으니 우선 가 보마. 그러니 나중에 이야기하자."

"……네. 아버지."

월하린이 힘겹게 대답했다.

냉담한 아버지의 반응에 그녀는 서운함이 밀려들었다.

월천후는 아직도 머리가 아픈지 한 손으로 미간을 꾹 누르고 돌아서서 몇 걸음 걸었다. 걷던 그기 갑자기 범추어

서더니 고개를 돌렸다.

머뭇거리던 월천후가 힘겹게 입을 열었다.

"사실 연락이 안 된 건…… 부상을 입었었다. 네가 걱정할까 봐 말을 못한 것이다. 미안하구나. 그게 더 널 아프게 할지 몰랐다. 그러니 너무 서운해하지 말거라. 내 조만간 꼭 시간을 내도록 하마."

월천후의 그 말에 월하린의 표정이 한결 풀린 바로 그때였다.

월하린을 향한 그의 얼굴에 아주 잠깐이지만 자상해 보이는 미소가 천천히 번졌다.

그가 입을 열었다.

"착하구나, 내 딸."

그 한마디에 월하린의 눈에서 그동안 참았던 눈물이 주르륵 흘러내렸다. 그런 월하린을 뒤로한 채로 월천후가 바깥으로 걸어 나갔다.

월천후가 사라지자 백호가 이상하다는 듯 말했다.

"너한테 들었던 거랑 네 아버지 느낌이 많이 다른데?"

꽤 좋은 인간일 거라 생각했다.

그런데 묘하게 느낌이 좋지 않다.

그때 월하린이 눈물을 흘리며 크게 고개를 가로저었다.

"아뇨. 처음엔 이상할 정도로 쌀쌀맞다 생각했는데……

제 아버지 맞아요. 분명히 맞아요."

월하린은 계속해서 울었다.

어찌 잊겠는가.

착하구나, 내 딸.

어릴 때부터 항상 토라진 자신을 달래줄 때 아버지가 하던 말이다. 그리고 그 말을 내뱉기 직전에 자신을 사랑스럽게 바라보던 그 표정도.

분명 그때의 그 모습만큼은 월하린 그녀가 아는 아버지의 얼굴이었다.

그 얼굴을 보는 순간에야 월하린은 실감할 수 있었다. 아버지가 자신의 곁으로 돌아왔음을.

*   *   *

월하린의 방을 나온 월천후는 빠르게 자신의 거처로 향하고 있었다. 그는 계속해서 밀려드는 고통을 참지 못하고 방에 들어오기 무섭게 바닥을 나뒹굴었다.

"크으윽!"

머리가 깨질 듯이 아파 온다.

새가 부리로 자꾸 머리통을 쪼는 것만 같이 쿡쿡 쑤시는 고통이 연달아 찾아온다. 월천후의 손에 설린 의자가 바닥에 나뒹굴었다.

타앙.

의자가 쓰러지는 너머에 한 사내가 모습을 드러냈다.

청룡, 그가 아 방 안에 모습을 드러낸 것이다.

외인의 등장에 월천후가 놀랄 법도 하련만…… 청룡을 바라보는 월천후의 표정에는 놀라움 같은 건 전혀 보이지 않았다.

불청객이라 생각했던 청룡, 그렇지만 그는 불청객이 아니었다.

"처, 청룡. 자네가 왔군."

"꼴이 왜 이래?"

청룡이 고통에 몸부림치는 월천후를 내려다보며 물었다. 그렇지만 청룡의 질문에는 대답도 하지 않고 월천후는 손을 내밀었다.

그가 거칠게 숨을 내쉬며 말했다.

"그, 그걸 주게."

"……어쩔 수 없군."

작게 중얼거린 그가 품에 손을 넣더니 뭔가를 꺼내 툭 하고 던졌다. 청룡의 손을 떠난 환단 하나가 바닥에서 데구루루 굴렀다.

환단을 보는 순간 월천후는 재빠르게 그것을 집어 입 안에 삼켰다. 환단을 먹는 순간 가쁘게 올라갔던 숨이 순식간에 안정되기 시작했다.

동시에 고통으로 부들거리던 몸도 점점 안정을 되찾았다. 그의 얼굴이 다시금 다소 무표정하게 돌변했다. 고통에 몸부림치던 월천후가 천천히 자리에서 일어났다.

툭툭.

옷에 묻은 것들을 가볍게 털어 낸 월천후가 쓰러트렸던 의자를 일으켜 세웠다. 그런 월천후를 바라보던 청룡이 물었다.

"왜 갑자기 발작을 일으킨 거지?"

"모르겠네. 그냥 내 딸과 만나 잠깐 이야기를 나눴는데……."

말을 하던 월천후는 당시의 일들을 기억해 내고는 이해가 안 간다는 듯 고개를 저었다.

"내가 벌려 놓고도 나도 이해가 안 가는군. 그 아이의 눈을 보고 갑자기 머리가 아파 와서 급히 그 자리를 떠나려고 했는데…… 그때 내가 왜 그런 말을 했지?"

월천후가 자기 스스로에게 물었다.

다쳐서 연락을 하지 못했다는 둥, 미안하다고 사과도 하고 꼭 다시 찾아오겠다 약조도 했다. 웃으며 착한 딸이라며 그녀를 다독이기까지 하지 않았던가.

월천후는 이해가 되지 않았다.

"난 다친 적 없잖아. 그냥 중원을 떠돌다 자네를 만나고, 그리고……."

말을 내뱉던 월천후의 말이 흐려질 때였다.

이야기를 듣던 청룡이 황급히 말했다.

"됐어. 생각은 그만해도 돼. 지금 네가 한 말은 모두 맞으니까."

"그렇지? 그런데 도대체 왜 그랬던 건지 의문이로군."

"일이 많아서 피곤한 모양이군. 그러니 지금은 아무 생각 말고 우선 푹 쉬어."

"그리해야겠어. 하여튼 약 고맙네."

"별것 아냐."

말을 마친 청룡이 쉬라는 듯 손짓했다. 그러자 마치 부모님의 말을 듣는 아이처럼 월천후는 침상으로 걸어가 드러누웠다.

청룡이 월천후가 누운 침상으로 다가갔다.

그러고는 흡사 주문을 걸듯이 눈을 감은 월천후의 귓가에 입을 가져다 대고는 자그마한 목소리로 속삭였다.

"그냥 자. 자고 일어나면 고통도, 혼란도 전부 사라질 거야."

청룡의 중얼거림이 시작된 지 얼마 지나지 않아 그는 깊은 잠에 빠져들었다.

월천후가 잠에 빠지는 것까지 확인한 청룡은 그의 방을 빠져나왔다.

주변은 이미 환하게 밝아진 상태.

청룡이 하늘을 올려다봤다.

내리쬐는 태양 때문에 눈이 부시다. 태양을 바라보던 청룡이 입을 열었다.

"이런 일이 있을까 봐 죽이려 했던 건데 말이야."

혼잣말을 내뱉었던 청룡은 이내 입가에 가벼운 미소를 머금었다.

"뭐, 아직 늦진 않았으니까. 더 늦기 전에 제거해야겠군. 하찮은 인간 하나가 내 작품을 망치게 놔둘 순 없지."

그러기 위해선 해야 할 게 하나 남아 있다.

그건 바로……

"백호부터 우선 떨궈 놔야겠군."

청룡의 목표는 바로 월하린이었다.

*   *   *

임시로 만들어진 맹주의 거처에 한 노인이 찾아왔다. 바로 화산파 장문인 주기진이었다. 그가 임시로 맹수직을 맡은 월천후를 만나러 온 것이다.

월천후가 있는 방에 들어서던 주기진의 표정이 살짝 일그러졌다.

그건 바로 그의 옆에 붙어 있는 은설란 때문이었다.

주기진을 발견한 그녀가 웃으며 인사를 건넸다.

"어머? 장문인께서 여긴 어쩐 일이세요?"

"그러는 비각주야말로 이곳에 웬일인가."

"그야 보고드릴 게 있어서죠."

"그런가? 난 이곳이 자네 집인 줄 알았지."

월천후가 맹주직에 오른 그날부터 옆에 딱 붙어서 떨어지지 않는 은설란의 행동을 비꼬는 것이었다. 그것을 모를 은설란이 아니었지만, 그녀는 그저 웃음으로 주기진의 말을 받았다.

잠시 은설란과 가시 박힌 말을 주고받았던 주기진은 자리에 앉아서 업무를 처리하고 있는 월천후를 바라봤다.

그는 무척이나 골치 아프다는 듯 인상을 찡그린 채로 한 장의 서류를 바라보고 있었다.

책상 위에 올려진 한 장의 서류를 바라보고 있던 월천후가 자신에게 향하는 시선을 느꼈는지 고개를 치켜들었다. 주기진과 눈이 마주치자 그가 물었다.

"무슨 일이십니까?"

"드릴 안건이 있어서 찾아왔소이다."

"안건이라면……?"

월천후의 질문에 주기진은 잠시 옆에 있는 은설란을 바라봤다. 하지만 어차피 지금 말하려는 것 자체가 비밀스러운 일도 아니었고, 또 자신이 몰래 이야기한다 해서 은설란에게 이 안건이 전해지지 않을 거라는 보장도 없다.

주기진이 말했다.

"실종되신 맹주님을 찾을 별동대를 꾸릴 생각이오. 한시가 급한 일이니 늦으면 안 될 것 같소이다."

"그렇게 하시죠. 그럼 그 일은 장문인께서 맡으시면 되겠습니까?"

주기진의 청에 월천후가 그렇게 하라는 뜻을 내비쳤다. 실종된 율무천을 찾는 것은 이미 맹주파나, 반맹주파나 뜻을 같이한 일이기 때문이다.

물론 반맹주파들이 실종된 그가 다시 나타나기를 바라지는 않겠지만 말이다.

혹여나 반맹주파에게 이 일을 맡기지 않을까 걱정했던 주기진이었기에 이런 월천후의 제안을 받아들이지 않을 리가 없었다.

주기진이 황급히 고개를 끄덕였다.

그런 주기진을 향해 월천후가 말을 이어 나갔다.

"필요한 인원은 장문인께서 가능하신 선에서 충당해서 움직이는 쪽으로 가시는 게 좋을 것 같은데 괜찮으시겠습니까?"

"물론이오."

애초부터 별동대는 자신의 휘하에 있는 이들로만 꾸릴 생각이었다. 굳이 다른 인원들이 필요한 일이 아니었기에 주기진은 월천후의 제안을 쉽사리 받아들였다.

별동대에 관련된 이야기가 끝나기 무섭게 다시금 서류로 시선을 돌리는 월천후를 보며, 주기진이 조심스럽게 궁금증을 표출했다.

"표정이 좋지 않으신 것 같소."

"이번에 올라온 이 안건 때문에 골치가 조금 아프군요."

"무슨 일인지 물어도 되는 거요?"

"물론입니다. 어차피 이번 회의 때 올리려던 안건이니까요."

말을 마친 월천후가 손에 들려 있던 서류를 허공으로 훅 하고 던졌다. 그 순간 놀라운 일이 벌어졌다.

얇은 종이는 마치 무엇인가에 조종이라도 당하는 것처럼 허공에 둥둥 뜬 채로 주기진에게 서서히 다가왔다. 아주 느린 속도로 다가온 종이를 향해 주기진이 손을 뻗자 그제야 월천후는 내력을 거뒀다.

그 순간 종이는 힘을 잃고 그의 손 위에 내려앉았다.

엄청난 수준의 내력이 없으면 불가능한 허공섭물을 이토록 쉽사리 해내는 모습에 주기진은 내심 혀를 내두를 수밖에 없었다.

잠시 월천후의 실력에 감탄하던 주기진은 곧 그에게서 건네받은 서찰로 시선을 돌렸다. 그리고 서찰의 내용을 살피던 그가 당황스러운 표정을 지어 보였다.

서찰에 적혀 있는 것은 최근 들어 벌어진 알 수 없는 괴사에 관련된 일이었다.

정체를 알 수 없는 존재의 습격으로 인해 사람들이 죽어나가고 있다는 정보였다. 처음에는 몇 개의 마을이 당했던 모양인데, 이틀 전에는 무인들까지 당했다고 한다.

당한 무인들의 수준이 일류 고수 정도라는 건 곧 맹수의 짓은 아니라는 걸 의미했다. 그 정도 고수라면 호랑이라 할지라도 이처럼 당하지는 않을 테니까.

하지만 죽이는 방법이 너무나 잔인하고 끔찍했기에 이것이 과연 인간이 벌인 일인가 의구심이 들 정도였다.

'심장을 빼 먹은 걸로 추정된다고?'

발견된 수많은 시체에서는 공통적으로 심장이 뽑혀져 있었다고 한다.

어린아이나 노인, 그리고 힘없는 여인까지도 가리지 않

고 모두 죽인 잔인한 사건이다.

오랜 세월 무림에 몸담아 왔지만 이토록 끔찍한 방법으로 사람을 죽였다는 건 처음 듣는 소리다. 믿을 수 없을 정도로 잔인했기에 자신이 잘못 본 게 아닐까 다시금 서찰을 확인해 봤을 정도니 더 말해서 무엇 하랴.

"이건…… 참으로 난감하시겠소."

"그러게 말입니다."

주기진의 말에 월천후 또한 동조의 빛을 내비쳤다. 그런 그를 향해 주기진이 물었다.

"혹시 단서라도 찾은 게 없는 게요?"

"아직까지는 그렇습니다. 그래서 이 일에 대해서도 따로 조사를 해야 할 것 같은데…… 이 일은 비각주께서 맡아주시겠소?"

"제가요?"

"아무래도 장문인께서는 별동대를 조직하셔서 실종되신 맹주님을 찾으셔야 하니, 이 일은 비각주께서 맡으시는 게 맞는 것 같소."

"장문인께서 이리 바쁘시니 그렇게 할 수밖에 없겠네요."

어쩔 수 없다는 듯 은설란이 이번 괴사에 대해 맡겠다며 승낙의 뜻을 내비쳤다.

월천후가 이번 일의 중요성에 대해 다시금 강조했다.

"맹주님도 실종된 마당에 이 같은 일을 좌시한다면 더안 좋은 소문만 날게요. 가뜩이나 흉흉한 소문이 떠도는지금, 괜한 추문에 휩싸이지 않게 이 일을 서둘러 해결해줬으면 하오."

주기진은 알지 못했다.

말을 내뱉는 월천후와 은설란 사이에 서로 모종의 눈빛이 오고 갔다는 사실을.

*   *   *

백호가 턱을 괴고 앉은 채로 뭔가를 곰곰이 생각하고 있었다. 그가 중얼거렸다.

"수상해."

"뭐가요? 아, 혹시 궁주님의 아버지가⋯⋯."

옆에 있던 아운이 물었을 때다.

백호가 고개를 획획 저으며 말했다.

"아니, 그게 아니라 어제부터 월하린이 좀 이상하다고. 자꾸 날 떼 놓고 어딜 가고 말이야."

항상 자신과 붙어 있던 그녀가 갑자기 눈치를 살피며 혼자 어딘가를 다니기 시작했다. 물론 어제부터 벌어진 그리 길지 않은 일이었지만, 백호는 그것이 묘하게 신경이 쓰였다.

백호의 말에 아운이 별일도 아니라는 듯 말했다.

"방금 전까지도 계속 같이 있으셨잖아요."

"지금은 같이 없잖아."

"아니, 하루의 반나절 이상을 같이 계시면서 지금 잠깐 같이 안 있는 게 뭐가 그리 대수라고 그러시는지 원."

"내가 그렇다면 그런 거지 뭔 말이 이렇게 많아. 이 자식이 요새 감을 좀 상실했나……."

백호가 손목을 두둑거리며 자리에서 일어나자 놀란 아운이 황급히 손사래를 쳤다.

"아이고, 그러게나 말입니다. 대체 왜 그러실까요. 하하."

아운의 재빠른 행동이 먹혔는지 손을 풀던 백호의 화는 다행스럽게도 그에게 쏟아지지 않았다. 다시금 자리에 가서 앉는 백호를 보며 아운은 남모르게 가슴을 쓸어내렸다.

침상에 앉은 백호가 답답하다는 듯이 말했다.

"아, 진짜 대체 어딜 가는 거지?"

"그렇게 궁금하시면 몰래 따라가 보시죠?"

"나한테 말 안 하고 간다는 건 그만한 이유가 있다는 거잖아. 그런 걸 몰래 쫓아가라고? 생각 없는 소리하고 있네."

아운은 억울했다.

'아니, 언제부터 그런 걸 신경 썼다고…….'

애초부터 그런 걸 신경 쓰는 자였다면 이런 말도 하지

않았을 게다. 워낙 자기 멋대로고, 하고 싶은 건 하고야 마는 백호의 성정을 잘 알기에 이 같은 말을 한 것뿐인데 도리어 핀잔을 듣자 아운으로서는 기가 찰 노릇이었다.

다른 사람들한테는 멋대로 굴면서 유독 월하린에게만은 그렇게 하지 않는 백호다.

백호는 참고 있지만, 역시 짜증이 나는지 자신의 머리를 마구 쥐어뜯었다.

"으으, 가뜩이나 당과도 못 먹어서 예민한데 말이야."

임시이긴 하지만 무림맹주직에 월천후가 올랐으니 곧 무림맹 안팎을 자유롭게 다닐 수 있을 거라고 생각했다. 하지만 아직 조사가 끝나지 않았는지 한동안은 더 이렇게 안에 꽁꽁 갇혀 있어야 하는 상황이었다.

그랬기에 백호는 며칠 전 주기진이 사 온 당과를 다 먹고는 다시금 짜증이 폭발한 상황이었다.

그리고 그런 백호의 짜증은 고스란히 옆에 있는 아운의 몫이었다.

들들 볶이고 있는 아운으로서는 계속해서 문가만 바라봤다. 제발 월하린이 돌아오기를 바라면서.

그런 그의 간절함 바람이 통했을까?

열린 문으로 그토록 기다렸던 월하린이 고개를 빼꼼 내밀었다.

문 사이로 살짝 고개를 내민 그녀가 백호에게 손짓했다.

"백호. 혹시 시간 있어요?"

"물론이지!"

방금 전까지만 해도 그렇게 짜증만 내던 백호가 월하린이 등장하기 무섭게 히죽거리며 자리에서 벌떡 일어났다. 손짓하는 월하린이 있는 곳으로 걸어 나가는 백호의 뒷모습을 보며 아운은 기가 차다는 표정을 지어 보일 뿐이었다.

월하린은 자신의 부름에 졸졸 쫓아 나온 백호를 데리고 어딘가로 향했다. 주변을 두리번거리던 그녀가 인적이 드문 장소로 들어섰다.

월하린이 멈추어 섰다.

고개를 돌려 백호를 바라보는 월하린의 얼굴에는 알 수 없는 쑥스러움이 묻어났다. 마주 선 채로 머뭇거리는 월하린의 모습에 백호가 입을 열었다.

"뭐 할 말 있냐?"

"아뇨. 그게 아니고……."

망설이던 월하린이 이내 눈을 질끈 감고는 품에 감춰 두었던 뭔가를 꺼내어 내밀었다. 왜 이리 뜸을 들이나 보고 있던 백호는 그녀가 내민 것을 보고는 눈이 휘둥그레졌다.

"어라?"

혹시나 하며 월하린이 내민 주머니를 받아 든 백호는 이내 이것이 뭔지 알아차렸다. 손에 느껴지는 무게나 모양을 봤을 때 당과가 분명했다.

백호가 주머니를 열어 안의 내용물을 살폈다.

예상대로 주머니 안에는 당과가 잔뜩 들어가 있었다. 그런데 당과의 모양들이 평소 먹던 것들과는 다르게 상태가 영 좋지 못했다.

백호가 이상하다는 듯 말했다.

"모양이 왜 이래?"

"……이상하죠?"

얼굴을 붉히며 말하는 월하린의 모습을 이상하게 바라보던 백호가 그제야 상황을 알아차렸다. 백호가 혹시나 하는 얼굴로 물었다.

"설마 네가 만든 거야?"

백호의 질문에 월하린이 고개를 끄덕거렸다.

당과 주머니를 보고서야 백호는 어제부터 그녀가 왜 자기 몰래 어딘가를 다녀왔는지를 알아차렸다.

곧 당과가 떨어질 줄 알았던 월하린이 직접 주방으로 가서 당과를 만드는 법을 배워서 만들어 온 것이다. 그리고 그걸 백호에게 말하기 쑥스러웠던 것일 테고.

말없이 서 있는 월하린의 얼굴을 가만히 바라보던 백호가 주머니 안에 든 당과 하나를 꺼내 입 안에 쏙 하고 밀어

넣었다.

그 사실을 눈치챘는지 월하린이 고개를 들었을 때다.

"으음."

백호가 묘한 표정을 지어 보였다.

월하린이 그런 백호를 걱정스럽게 바라봤다.

사실 그녀는 요리엔 정말 재능이 없었다.

하도 음식을 못 하는 바람에 천산에서 살던 때도 모든 식사를 아버지인 월천후가 직접 준비했을 정도다.

그랬기에 그 이후로는 단 한 번도 직접 음식을 만든 적도 없고, 할 생각도 없었는데……

이번에 백호를 위해 평소 자신이 없던 주방 일에 도전했던 것이다.

무려 이틀이나 주방의 시녀들에게 묻고 물어 만들어 낸 당과.

월하린이 신경 쓰이는지 조심스레 물었다.

"어때요? 괜찮아요?"

월하린의 질문에 백호가 당과를 문 채로 히죽 웃으며 말했다.

"너 요리 못 하지?"

"벼, 별로예요?"

"엄청 달아. 엄청."

백호의 말에 월하린은 기가 죽은 표정으로 어깨를 축 내려트렸다. 그 모습이 어찌나 귀여운지 백호는 자신도 모르는 사이 너무나 사랑스럽다는 듯이 그녀를 바라보고 있었다.

잠시 어깨를 늘어트리고 있던 월하린이 이내 쑥스러운지 황급히 소리쳤다.

"그, 그렇게 별로면 돌려줘요."

월하린이 백호의 손에 들린 당과 주머니를 뺏으려는 듯이 다가왔다. 그러자 백호는 당과 주머니를 위로 높게 치켜들고는 고개를 도리도리 흔들었다.

"싫은데?"

"맛없다면서요. 그냥 줘요. 맛없는 걸 왜……."

"싫다니까. 맛없어도 내가 다 먹을 거야."

백호는 뺏기지 않겠다는 듯 당과 주머니를 품속에 감췄다.

상관없었다.

아무리 맛이 없어도, 이것보다 몇 곱절 더 달다고 해도. 얼마든지 먹고 싶었다. 이 여자가 만들어 준 것이라면 그게 아무리 맛이 없다고 할지라도.

백호는 어떻게든 주머니를 뺏으려는 그녀의 손길을 피하더니 이내 품속에 있는 당과 하나를 더 꺼내어 물었다.

당과 주머니를 잡으려 했지만 너무나 민첩한 백호를 잡을 방도가 없었다. 월하린이 울상을 지어 보였다.

그 모습에 백호는 당과를 문 채로 다시금 웃음을 터트렸다.

요리를 못 함에도 불구하고 이렇게 자신을 위해 주방 일에 손을 댄 것도, 그리고 지금 취하는 이런 작은 행동 하나하나까지 너무나 예쁘고…… 사랑스럽다.

제8장. 단서
— 맹주님을 찾아야 하네

꽤나 길어졌던 무림맹 내부의 조사들이 끝났다.

한동안 열릴 줄 몰랐던 무림맹의 문이 열렸고, 이제는 절차가 다소 복잡해지기는 했지만 외부와의 출입도 가능해 졌다.

원래대로라면 바로 무림맹을 떠나야 했을 백하궁이었지만, 지금은 상황이 조금 달라졌다.

그건 바로 월천후의 등장 때문이다.

월천후가 나타나고 아직 제대로 된 이야기가 오가지 않은 상황인지라 백하궁은 쉬이 떠나지 못하고 있었다.

백호 또한 한시라도 빨리 돌아가고 싶긴 했지만 월하린

을 위해 그런 속내를 드러내지는 않았다.

무림맹은 떠날 수 없었지만, 백호에겐 외부로의 출입이 가능해진 것만으로도 충분했다. 그토록 염원하던 당과를 사러 나가는 것이 가능해졌으니까.

백호는 그 소식을 전해 듣자마자 벌떡 몸을 일으켜 세웠다. 그가 옆에 있는 월하린을 향해 재촉하듯 소리쳤다.

"나가자!"

"이 시간에요? 당과 가게는 이미 닫지 않았을까요?"

"지금 서두르면 충분해."

뻔질나게 들락날락한 덕분에 당과 가게가 언제까지 장사를 하는지 꿰뚫고 있는 백호가 자신 있게 대답했다. 그런 그의 확신 어린 말에 월하린도 자리에서 일어났다.

"그럼 가요."

어차피 월하린도 이곳 무림맹 내부에만 있어서 제법 갑갑하던 차다. 그런 둘이 움직이려 하자 같이 있던 전우신과 아운 또한 그 뒤를 따랐다.

백호가 따라 나오는 둘을 보며 귀찮다는 듯 물었다.

"뭐야? 너희도 따라오게?"

"예. 저희도 여기서 할 것이 없잖습니까."

"아오, 전 무림맹에서 정파 놈들 냄새만 맡아 댔더니 코가 썩을 지경이라서요."

전우신이 정파를 욕하는 자신을 가볍게 쏘아보자 아운은 모른 척 시선을 돌렸다.

백호는 그런 둘에게 맘대로 하라는 듯 별말 없이 월하린과 함께 무림맹의 정문을 향해 걸어 나갔다.

함께 걷던 도중 월하린이 물었다.

"제가 만들어 준 당과는 벌써 다 먹었어요?"

"아니, 많이 남았지."

당과가 많이 남았는데도 사러 간다는 사실에 월하린이 속상한지 불만 어린 목소리로 투정을 부렸다.

"그러니까 맛없으면 그냥 저 달라니까요. 먹지도 않을 거면서 왜 그건 가져가서 그래요."

"뭔 소리야. 아껴 먹는 거거든?"

"맛없어서 그런 거 아니고요?"

"맛은 별로지만 아깝단 말이야."

"맛도 없는데 뭐가 아까워요?"

월하린이 이해가 안 간다는 듯 눈을 동그랗게 뜨고 물었다. 그녀의 질문에 아무렇지 않게 말을 내뱉던 백호가 일순 입을 닫았다.

월하린의 말대로 대체 뭐가 아까워서 하나하나 먹는 게 이리도 아쉬운 것일까.

백호가 월하린이 한 말에 쉬이 대답을 하지 못하고 망설이고 있을 때였다. 무림맹의 입구 쪽을 향해 걸어가는 이들을 향해 주기진이 헐레벌떡 달려오고 있었다.

앞장서서 걷던 백호가 가장 먼저 그를 확인하고는 뒤편에 있는 전우신을 툭툭 쳤다. 아운과 대화를 나누고 있던 전우신이 시선을 돌렸다. 백호가 전방에서 달려오는 주기진을 가리키며 말했다.

"저쪽에 너희 쪽 영감 온다."

"킥킥."

백호의 말투가 웃겼는지 아운이 웃음을 흘렸다.

차마 백호에게는 무슨 말을 하기 어려웠는지 전우신이 괜스레 아운에게만 한마디 쏘아붙였다.

"웃지 마라."

전우신의 말에 아운은 혀를 쑥 내밀었다.

백호의 말대로 멀리서 모습을 드러낸 주기진이 일행에게 다가왔다.

그가 빠른 걸음으로 다가오더니 말을 걸었다.

"이 시간에 어디들 가는가?"

"당과 좀 사러 가고 있지."

"이 시간에 당과를? 허허, 정말 당과를 좋아하는 모양이군."

재미있다는 듯 주기진이 웃었다.

출입이 가능해지기 무섭게 당과를 사러 나가는 걸 보니 어지간히도 좋아하는 듯했다. 당과를 산다는 생각에 기분 좋게 웃고 있는 백호를 향해 주기진이 살짝 민망한 미소를 보였다.

"이렇게 좋아하는데 미안해서 어쩌지? 잠깐 이야기를 좀 나눴으면 좋겠는데."

"에엥?"

한시가 급한 백호는 주기진의 말에 표정을 와락 구겼다. 이른 시간이라면 모를까, 지금은 당과를 파는 곳이 닫을까 말까 할 정도로 아슬아슬한 시각이었다.

그런 와중에 대화를 하고 간다면 아마도 그토록 먹고 싶어 하는 당과를 사는 건 내일로 미뤄야 할 것이다.

백호가 짜증스러운 표정으로 바라보고 있자 주기진이 다시금 말했다.

"조금 중요한 일이라서 말일세."

"내가 당과를 사러 가는 것도 얼마나……."

백호가 다급한 목소리로 말을 이어가고 있을 때였다.

월하린이 조심스레 물었다.

"저희가 다 함께해야 하는 자리인가요?"

"아니, 애초부터 내가 이야기를 나누고 싶은 건 자네 하나뿐이라네, 월 궁주."

"그렇다면 전 가서 대화를 나눌 테니까, 백호는 다른 분들하고 나가서 당과를 사오시면 될 거 같은데요?"

월하린의 제안은 나쁘지 않았다.

굳이 함께해야 할 자리도 아니고 오히려 주기진은 월하린 한 명과만 대화를 나눌 생각이기도 했으니까. 다만 백호는 그녀를 놔두고 맹 바깥으로 나가는 것이 탐탁지 않았다.

백호가 아무런 말도 하지 않았음에도 불구하고 월하린은 그런 그의 속내를 알아차렸다. 월하린이 걱정 말라는 듯이 웃으며 말했다.

"지금 또 저한테 무슨 일 있을까 봐 그러는 거죠?"

백호는 고개를 끄덕였다.

그런 그에게 월하린이 걱정 말라는 듯이 이야기했다.

"절대 무림맹 바깥으로 안 나갈게요. 그럼 됐죠?"

"끄응."

"이래 봬도 여기엔 주기진 장문인도 계시고, 제 아버지도 있다고요. 설마 이 안에서 무슨 일이 있겠어요?"

못 미덥다는 듯 자신을 바라보는 백호의 눈빛에 주기진이 섭섭하다는 듯이 헛기침을 했다.

"나이는 먹었어도 이곳에서 다섯 손가락 안에 드는 고수라 자부한다네."

주기진의 말에 동의한다는 듯 월하린이 크게 고개를 끄

덕였다.

그녀가 이토록 말하는 건, 반쯤은 백호를 위해서기도 했다. 그가 제대로 된 당과를 먹고 싶다고 한동안 얼마나 노래를 불렀던가.

다른 곳도 아닌 무림맹에 있는 이상 자신의 안위는 걱정할 필요가 없다. 그러니 백호에게 안심하고 다녀오라 종용하고 있는 것이다.

그리고 그런 그녀의 말이 틀리지 않음을 백호 또한 잘 알았다.

적어도 이곳 무림맹 안에서 그녀에게 위험한 일은 없을 것이다.

이곳엔 백호도 승부를 장담하기 어려운 고수들도 일부 존재했으니까. 그런 그들이 있는 이곳 무림맹에, 외인이 직접 들어와 월하린을 위험에 빠지게 할 거라는 생각은 들지 않았다.

백호가 월하린에게 강조하듯 말했다.

"그럼 빠르게 다녀올 테니까 넌 무조건 저 영감 옆에 꼭 붙어 있어."

"그럴게요. 그러니 걱정 말고 다녀와요."

"알았어. 가자. 매화, 두건."

말을 마친 백호가 둘을 데리고 점점 멀어져 있다.

그리고 그런 그들을 잠시 바라보던 주기진이 입을 열었다.

"우리도 잠시 이야기를 나눠야 하니 자리를 옮기지."

이곳은 지나다니는 이들이 많아 대화를 나눌 만한 장소
가 아니었다. 주기진이 월하린과 함께 적당한 장소를 찾기
위해 움직였다.

*　　　*　　　*

"젠장, 이 가게도 닫았네."

백호는 자주 찾던 당과 가게들로 다급하게 왔지만, 아쉽
게도 찾는 곳곳마다 이미 문을 닫은 상태였다. 아슬아슬하
게 될 거라 생각했는데 조금 늦은 모양이다.

노점상들을 하나씩 확인하던 백호의 얼굴에 점점 짜증이
짙어졌다.

폭발할 것 같은 백호의 모습에 안절부절못하며 두리번거
리던 아운의 얼굴에 화색이 돌았다. 그가 다급히 한 곳을
손가락으로 가리켰다.

"백호님! 저기 아직 안 닫은 것 같은데요?"

"오오, 그러게?"

당과를 사지 못했다면 백호의 짜증을 고스란히 받았어
야 했던 전우신이 아운을 향해 잘했다는 듯한 표정을 지어

보였다.

사람들을 거의 밀치다시피 하면서 노점까지 순식간에 다가간 백호가 가득 쌓여 있는 당과를 보며 히죽 웃었다.

"호오, 이건 처음 보는 건데."

백호는 유독 눈에 띄는 새로운 종류의 당과에 군침을 흘렸다. 윤기가 좌르르 흐르는 것이 절로 시선을 잡아끌었다.

그런 백호에게 노점 주인이 친절하게 말했다.

"이번에 새로 나온 겁니다요. 입 안에 넣으면 살살 녹는 것이! 캬아!"

노점 주인은 감탄성까지 내뱉으며 구매를 유도했다.

그도 그럴 것이 백호는 이미 이곳 무한에 있는 당과 가게들 사이에서는 알아주는 큰손이었다.

한번 나타나기만 하면 거의 쓸어가다시피 당과를 사가는 그를 어찌 모를 수 있겠는가. 그랬기에 백호가 나타나자 노점 주인은 눈을 빛냈다.

'오늘은 운도 좋군.'

슬슬 시각이 늦어 장사를 접고 가려던 차에 이런 손님이라니…… 아마도 내일 이 이야기를 들으면 다른 당과를 파는 노점의 주인들은 배 꽤나 아플 것이다.

노점 주인만큼이나 행복한 표정으로 백호는 당과를 살피고 있었다. 노점 주인이 비록 과장을 하고는 있었지만, 보기만 해도 맛있어 보이는 건 사실이었다.

백호가 뚫어져라 당과를 바라보다 이내 결단을 내렸는지 고개를 치켜들었다.

"여기 있는 거 전부……."

고개를 돌리다 눈이 닿은 건 당과를 파는 곳 바로 옆에 있는 노점이었다. 그곳은 다름 아닌 여인들의 장신구를 파는 가게였다.

백호가 잠시 말을 멈추고는 그 노점을 가만히 바라봤다. 뭔가 정신이 팔린 듯 옆을 바라보는 그를 향해 노점 주인이 웃는 얼굴로 물었다.

"헤헤, 전부 드릴까요?"

"잠시만."

백호는 당과를 파는 노점 주인에게 손을 들어 보이고는 그대로 옆으로 움직였다. 그런 백호의 행동에 뒤에 있던 두 사람이 당황한 듯이 따랐다.

백호는 바로 옆에 있는 노점 앞에 가서 멈추어 섰다.

장신구를 파는 노점에 도착하기 무섭게 백호가 뭔가를 집어 들려는 듯 손을 뻗었다. 그건 다름 아닌 여인이 머리에 끼는 장신구였다.

동그란 장신구를 든 백호가 그걸 가만히 바라보고 있을 때였다.

"장신구? 갑자기 무슨 일이십니까?"

"응?"

백호가 물어 오는 전우신을 잠깐 바라보다 이내 손에 들린 장신구를 그에게 보여 주며 물었다.

"어때? 어울릴 것 같아?"

"혹시 궁주님에게 선물하시려는 겁니까?"

"응, 얼마 전에 뭐 좀 받은 것도 있고 해서. 보답하는 의미로 사 주려고."

백호는 최대한 담담한 척 둘러댔다.

그런 백호의 말에 가만히 장신구를 바라보던 전우신이 말했다.

"궁주님에겐 아무래도 이 흰색이……."

"하아, 이 무슨 여자의 맘도 모르는 멍청한 소리란 말인가. 백호님. 매화 놈 말에는 귀 기울이실 필요 없습니다. 여자 한 번 못 만나 본 놈이 뭘 알겠습니까? 여자의 마음은 또 제가 귀신처럼 알죠."

아운이 절대 안 된다는 듯이 손사래를 치며 나섰다. 그의 말투에 전우신이 표정을 구긴 채로 변명하고 나서려 할 때였다.

백호가 조용히 해 보라는 듯이 전우신의 입을 막으며 물었다.

"왜? 이건 별로냐?"

"궁주님께서는 엄청난 미모와 달리 차림새는 수수한 편이시잖습니까? 물론 그렇다고 그 미모가 가려지는 건 아니지만요. 그렇지만 이 김에 차라리 확 다른 분위기를 풍기시게 이런 붉은색으로……."

아운이 붉은색 장신구를 들어 올리기 무섭게 이번엔 전우신이 기다렸다는 듯 비난을 쏟아 냈다.

"백호님, 저놈이 하는 말이야말로 여자의 맘도 모르는 헛소리입니다. 저 색깔의 장신구가 궁주님에게 어울리겠습니까?"

전우신이 절대 안 된다는 듯 반대하고 나섰다.

둘이 눈싸움을 벌이며 서로 물러나지 않고 있자, 백호는 가만히 장신구를 바라보며 고민에 빠졌다.

'흰색의 장신구를 낀 월하린이라면…….'

백호는 가만히 장신구를 보며 월하린의 얼굴을 떠올렸다. 그녀의 머리에 껴질 이 장신구를 상상해 보던 백호는 고개를 끄덕거렸다.

어울린다.

'그럼 이걸 살까?'

흰색 장신구를 사려던 백호가 말다툼을 벌이고 있는 아운의 손에 들린 붉은 장신구를 바라봤다. 그리고 일순 백호의 표정이 혼란에 빠졌다.

자신도 모르는 사이에 저 붉은 장신구를 머리에 얹은 그녀를 떠올린 탓이다.

'뭐야. 저것도 어울릴 것 같은데?'

붉은 장신구를 얹은 월하린의 얼굴을 상상하며 백호는 다시금 노점 위에 있는 다른 것들로 시선을 돌렸다.

흰색과 붉은색을 제하고도 각양각색의 것들이 그곳에 자리하고 있었다. 청색, 검정색, 분홍색 등등. 그 숫자를 헤아리기 힘들 정도로 많은 색들이 즐비했다.

문제는 이것들 중 그 무엇 하나 그녀에게 어울리지 않는 게 없다는 거다.

이것도, 저것도 모두가 다 월하린에게는 어울릴 것만 같다.

백호는 계속해서 장신구들을 뚫어져라 바라봤다.

사실 이런 고민 자체가 백호에겐 무척이나 낯설었다. 누군가에게 뭐가 더 잘 어울릴까 고민이라니. 태어나서 했던 고민 중 이만큼 골치 아팠던 적이 없었던 것 같다.

이걸 고르자니 저게 자꾸 눈에 걸리고, 또 그렇다고 저걸 고르자니…….

잠시 뚫어져라 노점 위에 있는 장신구들을 바라보던 그가 이내 결단을 내렸다.

"이봐, 주인장."

"예?"

"다 줘."

백호의 말에 장신구를 파는 노점 주인이 뭔가를 잘못 들은 것처럼 되물었다.

"뭐라고 하셨는지……."

"이 모양 장신구 색깔별로 다 달라고."

"이, 이걸 다요?"

"거참 말 많네. 안 팔 거야?"

"파, 팝니다요! 당연히 팔지요!"

장신구를 파는 노점 주인이 다급하게 커다란 주머니 안에 백호가 고른 장신구들을 담았다. 그러고는 이내 그걸 백호에게 내밀며 말했다.

"은전 서른 냥입니다."

"잠시만."

백호가 가지고 온 주머니를 살폈다.

그러고는 이내 표정을 구기며 중얼거렸다.

"에이, 모자라잖아."

엄청난 재물을 가지고 있는 백호지만 당과를 살 때면 언제나 월하린에게 돈을 받아서 오곤 했다. 그랬기에 이번에도 딱 당과를 살 돈 정도 챙겨 왔고, 당연히 그것만으로 값

비싼 장신구를 전부 사는 건 무리였다.

백호가 이걸 어떻게 하나 잠시 고민하다 이내 뒤를 향해 시선을 돌렸다.

백호의 시선이 자신들에게로 향하자 전우신과 아운이 움찔하며 자신도 모르게 뒷걸음질 쳤다. 백호가 손을 내밀었다.

"내놔."

"뭘 말입니까?"

"다 들었잖아. 돈 가지고 있는 거 내놔 보라고."

백호의 재촉에 전우신과 아운이 어쩔 수 없다는 듯 품에 있는 전낭 주머니를 꺼냈다. 백호는 두 명의 전낭 주머니를 갈취하듯이 뺏어서는 안에 든 돈을 전부 털었다.

다행히 가격이 얼추 맞아떨어졌다.

동전 몇 냥 정도가 모자랐는지 백호가 주인에게 말했다.

"살짝 모자란데 좀 깎아 주지?"

이미 곁눈질로 돈이 어느 정도인지 확인했던 그였는지라 문제없다는 듯 곧바로 고개를 끄덕였다. 이토록 많은 물건을 사 가는데 이 정도 깎아주는 건 일도 아니다.

백호는 곧바로 월하린에게 줄 장신구들을 챙기고는 히죽 웃어 보였다.

무거운 무게만큼이나 기분이 좋다.

그런 백호의 모습을 보던 아운이 조심스럽게 물었다.

"당과는 어쩌시려고요?"

"당과?"

그제야 백호는 자신의 수중에 한 푼도 없음을 기억해냈다. 그 사실을 깨달은 백호는 아쉬운 눈으로 노점을 바라봤다.

월하린에게 주려고 산 장신구들 중 하나만 다시금 돈으로 바꿔도 적지 않은 양의 당과를 살 수 있겠지만…….

백호는 눈을 딱 감았다.

입맛을 다시던 백호가 당과를 파는 노점 주인에게 간절한 목소리로 말했다.

"주인장, 내일 다시 올 거야. 꼭 다시 올 테니까, 이 당과 팔지 말고 반드시 놔둬야 돼. 알았지?"

백호의 말에 노점 주인은 그저 고개를 끄덕일 수밖에 없었다.

*　　　*　　　*

백호와 두 사람을 무림맹 바깥으로 보내고, 대화를 하기 위해 장소를 찾던 월하린과 주기진이 도착한 장소는 우습게도 백하궁 인원들이 머무는 연성각이었다.

이야기가 새어 나갈 것을 염려하다 보니 아무래도 사람들이 쉽사리 이야기를 엿듣지 못할 만한 곳을 찾았고, 장문인인 주기진의 거처보다는 이곳이 감시자들의 눈도 피하기 좋을 거라 판단한 것이다.

연성각에 도착해서 마주하자 주기진이 웃으며 중얼거렸다.

"괜히 발품만 팔았군그래. 차라리 처음부터 이곳으로 올 것을."

평범한 대화로 이야기의 포문을 연 주기진이 잠시 뭔가를 망설이는 듯했다. 그 말은 곧 지금 할 이야기가 월하린에게 말하기 어려운 무엇인가를 담고 있다는 걸 의미했다.

그럼에도 불구하고 찾아올 수밖에 없었던 건 그만큼 중요한 말이었기 때문이다.

망설이는 주기진의 표정에서 월하린은 상황을 파악했다.

"아버지에 관한 이야기인가요?"

"……몰랐는데 자네 눈치가 보통이 아니로군. 어찌 알았는가?"

"말을 꺼내시는 게 어려워 보이셔서요. 저한테 그럴 만한 거라면 아버지와 관련된 것일 확률이 크니까요."

"이미 알아차렸다고 하니 내 솔직히 말함세. 내가 이곳에 온 건 자네의 아버님에 대해 물어볼 것도 있고, 또 하나

가르쳐 줘야 할 것도 있어서 왔네."

망설이던 주기진은 이미 월하린이 얼추 알아차렸다 판단하자 말을 끌지 않고 찾아온 용건에 대해 바로 이야기했다.

월하린이 그런 그의 입을 바라본 채 다음 말을 기다렸다.

"아버님과는 대화를 좀 해 보았는가?"

"아뇨, 무림맹에 처음 모습을 드러내신 날 잠깐 대화를 하긴 했는데 그 이후론 통 뵙지 못하고 있어요. 일이 정리되면 꼭 찾아오신다고 하셔서 기다리고 있는 중이에요. 그런데 그건 왜 물으시는 건가요?"

"그…… 자네 아버님과 관련된 것이라 말하기가 쉽지 않군그래. 그래도 나쁘게 듣지 말아 주게. 사실 월 대협께서 이렇게 나타난 게 너무 이상해서 혹시 아는 게 있나 하고 찾아온 걸세."

주기진은 잠시 뜸을 들이며 월하린을 바라봤다. 그러자 그녀는 괜찮다는 듯이 웃어 보였다. 그런 그녀의 표정 덕분에 주기진은 한결 편하게 입을 열 수 있었다.

"월 대협을 만나 뵀을 때 어떻던가? 예전에 알던 그분이 맞는가?"

"네. 다소 쌀쌀맞다 느껴지긴 했지만, 잠시 이야기를 나누다 보니 예전 아버지의 습관이나 행동들, 그리고 저를 향한 말투까지 같으시던걸요? 그런데 이런 건 왜 물어보시는 건가요? 무슨 문제라도 있나요?"

"사실 몇 가지가 좀 걸려서 그러네."

"어떤 게요?"

"월 대협에 대해 잘 아는 건 아니지만, 모든 무림인들이 아는 게 있지. 그건 바로 월 대협의 성품이네. 정점의 자리에 오를 수 있는 모든 걸 갖추셨음에도 불구하고 천산에서 조용히 지내실 정도로 권력욕이 없으신 분이라는 것."

월천후 정도 되는 이에게 무림맹이 접근하지 않았을 리 없다. 예전부터 그를 무림맹의 요직에 앉히고 싶어 하는 이들이 부지기수였다. 그렇지만 그는 아무리 좋은 조건을 내걸어도 거절했다.

평생을 아무런 굴레 없이, 조용히 무공을 익히며 살아가겠다고 그는 말했었다.

그런 그가 그림자회와 손을 잡고 모습을 드러냈다.

다른 자였다면 그냥 의심하고 적으로만 간주했을 것이다. 문제는 반맹주파와 함께 나타난 자가 바로 월천후라는 것이다.

천하제일인, 무림인이라면 존경할 수밖에 없는 대상인 월천후가.

적어도 그라면…… 결코 사리사욕에 따라 움직이는 인물은 아니었으니까. 반맹주파가 들이민 인물이지만 믿을 수밖에 없는 인물이었기에.

그랬기에 주기진은 혼란스러웠다.

그래서 혹시나 하는 마음에 물은 것이다.

월천후가 무엇인가로 인해 심정적 변화를 겪은 게 아닐까 하고. 그리고 하나 더 신경 쓰이는 것이 있었으니 그건 바로 월하린에 관련해서였다.

주기진이 말을 이었다.

"그리고 또 하나, 자네가 죽을 정도로 위험했는데도 불구하고 왜 가만히 있으셨는지도 말일세."

월천후에 대해 알려진 것 또 하나.

그건 바로 딸인 월하린을 무척이나 아낀다는 거였다.

그런데 왜?

대체 왜 자신의 딸이 그토록 위험한 상황에 처했을 때 모습을 드러내지 않았단 말인가. 아무리 생각해도 도저히 이것만큼은 이해가 되지 않았다.

주기진의 이야기를 듣고만 있던 월하린은 이내 입을 열었다.

"이런 말을 드려도 될지 잘 모르겠지만, 아무래도 아버지를 위해서는 장문인께 말씀드리는 게 나을 것 같네요. 사실 아버지는 크게 다치셨던 모양이에요. 그래서 제가 위험하다는 것도 모르셨고, 오지 못하셨던 것 같고요."

"다치셨었다고? 그게 사실인가?"

"예, 저한테 직접 그렇게 말씀하셨어요. 그러니 절 그냥 내버려 두셨다는 건 오해세요."

월하린은 아버지에 대한 오해를 벗겨 내기 위해 그를 변호했다. 그런 그녀의 말을 들은 주기진 또한 고개를 끄덕였다.

"내가 알지 못했던 일이 있으셨군. 어쨌든 고맙네. 아버지의 일이라 대답해 주기 쉽지 않았을 터인데."

"별말씀을요. 그런데 저한테 가르쳐 줘야 할 것이 있다고 하셨는데 그건 뭔가요? 혹시 아버지와 관련된 것은……."

"아니네. 이건 그거랑은 전혀 다른 이야길세."

주기진은 깊은 한숨을 내쉬었다.

사실 오늘 오전에 무척이나 충격적인 소식을 전해 들었다. 그 탓에 오전 내내 정신이 없었거늘, 이제야 생각을 정리하고 움직이기 시작한 것이다.

주기진이 짧게 말했다.

"혜선 대사가 죽었네."

"예? 그게 갑자기 무슨……."

혜선 대사가 죽었다는 말에 월하린의 얼굴에 당혹스러움이 밀려들었다. 그가 누구인가. 실종된 율무천의 마지막 부탁과 관련된 자가 아니던가.

율무천 자신이 남긴 물건을 찾아 건네주라고 부탁했던
대상이 죽어 버린 것이다.

월하린은 혼란스러워졌다. 그렇다면 대체 맹주가 실종
되기 전에 했던 부탁은 어찌해야 한단 말인가.

그녀가 생각지도 못한 일에 당황하고 있을 때 주기진이
말했다.

"이미 알 사람들은 다 알고 또 곧 온 무림에 알려지긴 하
겠지만, 그래도 당장엔 대외비니 결코 주변에 이야기해서
는 안 되네. 자네가 일전에 그를 만나서 물어봐야 할 게 있
다기에 미리 귀띔해 주는 걸세."

"……감사합니다. 그런데 대체 어떻게 되신 거죠? 저번
대전 회의 때도 참석 못 하시더니. 몸이 그 정도로 안 좋으
셨던 건가요?"

"아니, 아주 정정했네."

"그런데 대체 왜 이런 일이……."

"하루아침에 그냥 절명했다더군."

말을 내뱉는 주기진의 얼굴에 씁쓸한 미소가 걸렸다. 죽
어 버린 혜선 대사는 맹주파의 중요 인물 중 하나였다.

그런 그의 갑작스러운 죽음이 과연 우연일까?

아니, 그럴 리가 없다.

이번 대전 회의 때 그를 대신해 다른 자가 참석했을 때

부터 뭔가 의구심이 들었었다. 그리고 이내 혜선 대사가 죽음으로써 그 의구심은 확신으로 변했다.

반맹주파가 손을 쓴 것이다.

그렇지 않고서야 그토록 정정했던 이가 며칠 만에 이토록 쉽사리 숨을 거뒀을 리가 없다.

"조금 더 조사는 해 봐야겠지만……."

주기진이 말을 내뱉다 입을 닫았다. 그건 점점 가까워져 오는 백호 일행의 목소리 때문이었다. 주기진이 문 쪽을 바라보며 중얼거렸다.

"그들이 돌아왔나 보군."

"그러게요. 혹시 더 하실 말씀이라도 있으신가요?"

"아니네. 내 할 말은 대충 다 했네."

말을 마친 주기진이 자리에서 일어났고, 거의 동시에 백호 일행이 문을 열고 안으로 걸어 들어왔다. 백호가 자리에서 일어난 주기진을 보며 물었다.

"영감, 가려고?"

"마침 이야기가 다 끝났군그래. 그나저나 그 좋아하는 당과는 좀 사 왔는가?"

"아, 그게……."

백호가 뒷머리를 긁적거렸다.

그런 백호를 살피던 주기진이 손에 들린 커다란 주머니

를 보며 물었다.

"설마 그 많은 게 다 당과인가?"

"흠흠, 당과는 아니고."

백호는 쑥스러웠는지 장신구가 가득 담긴 주머니를 뒤로 감췄다. 그런 백호의 행동에 주기진이 이상하다는 듯 고개를 갸웃거릴 때였다.

"할 이야기 다 했다며? 영감, 안 가?"

"그리 안 쫓아내도 갈 테니 걱정 말게나."

거의 떠밀리다시피 하며 쫓겨나는 자신의 모습이 웃겼는지 주기진이 피식 웃으며 걸어 나갔다. 그리고 그런 그의 뒤를 전우신이 급히 따랐다.

방 안에 세 사람만 남게 됐을 때다.

백호가 힐끔 뒤를 바라봤고, 그곳에는 아무것도 모른 채 실실 웃고만 있는 아운이 자리했다. 백호는 어서 나가라는 듯이 노려봤지만 아운은 그것도 모른 채 고개를 갸우뚱하고 있었다.

'하, 맞다. 이 자식 눈치 더럽게 없었지.'

예전에 손톱으로 만든 목걸이를 줄 때도 그랬다.

이놈이 어찌나 눈치 없이 끼어들었는지 목걸이를 주는데 엄청난 시간이 걸리지 않았던가.

이대로 가다가는 그때의 전철을 또 밟게 될 거라는 생각에 백호가 협박하다시피 말했다.

"안 나가냐?"

"저요?"

"그럼 너 말고 누가 있어. 네 단짝 나갔는데 넌 안 나가 냐고."

"누가 단짝이라고 그러십니까? 하하. 그리고 저놈은 자기 장문인과 이야기하려고 나간 것 같은데 굳이 제가 왜……."

"그래서 안 나가겠다고?"

백호가 이까지 드러내며 다가오자 아운은 움찔했다.

아직 상황은 파악 못 했지만 뭔가 나가지 않으면 안 될 것 같은 분위기다.

아운이 황급히 소리쳤다.

"아 참! 할 일이 있었지."

말을 내뱉은 아운이 서둘러 방문을 박차고 바깥으로 뛰어 나갔다. 그제야 백호는 무서웠던 눈빛을 거두고 천천히 몸을 돌렸다.

아운까지 쫓아낸 백호가 월하린이 있는 탁자로 다가갔다. 그녀의 건너편에 털썩 주저앉은 백호가 머뭇거렸다.

그런 백호를 월하린이 왜 그러냐는 듯이 두 눈 동그랗게 뜨고 바라볼 때였다.

탁자 아래에 숨긴 주머니에 손을 넣은 백호기 꼼지릭거

리다가 이내 장신구 하나를 꺼내어 들었다. 그는 곧바로 장신구를 탁자 위에 올려놨다.

장신구를 확인한 월하린이 놀란 듯이 물었다.

"이거 뭐예요? 설마 저 주려고 샀어요?"

"나간 김에 뭐…… 겸사겸사. 얼마 전 당과 만들어 준 것에 대한 답례라고 할까?"

둘러대는 백호를 바라보던 월하린의 얼굴에 웃음꽃이 폈다. 방금 전까지 복잡하고 답답하기만 했던 마음에 즐거움이 밀려온다.

여자들 장신구를 파는 가게 앞에서 이걸 골랐을 백호의 모습을 상상하니 재밌기도 하고 고맙기도 했다. 이런 거 해 본 적도 없을 사내가 자신을 위해 이런 노력을 해 줬다는 사실이 월하린을 기쁘게 했다.

하물며 그 사내가 자신이 남몰래 마음에 품고 있는 상대니 더더욱.

월하린이 웃고만 있자 백호가 조심스레 물었다.

"어때? 괜찮아?"

"예뻐요. 정말 마음에 들어요."

"그래? 잠시만. 그러면……."

백호는 이내 주머니에서 다른 장신구도 꺼내서 탁자 위에 올려놨다. 백호가 다시 물었다.

"이건 어때?"

"어? 이것도 예뻐요. 정말 고……."

"그럼 이건?"

탁.

백호가 월하린의 말이 채 끝나기도 전에 다른 색의 장신구를 탁자 위에 올려놨다. 세 번째 장신구가 탁자에 올라오자 월하린은 당황했다.

그 순간 백호가 갑자기 크게 고개를 저었다.

"아니다. 그냥 한 번에 봐 봐."

말을 마친 백호가 아래에 숨겨 놨던 주머니를 들어 올리더니 안에 있는 장신구들을 탁자 위에 쏟아 냈다.

촤르르륵.

열 개는 훌쩍 넘어 보이는 많은 양의 장신구들이 탁자를 어지럽혔다. 월하린은 그 많은 장신구들을 바라보며 이게 다 뭐냐는 듯한 시선으로 고개를 들었다.

그런 월하린의 시선을 마주한 백호는 괜히 콧등을 긁으며 중얼거렸다.

"아, 뭐 사다 보니까 이것도 어울릴 것 같고, 저것도 어울릴 것 같고…… 뭐 그냥 그래서?"

"풋."

백호의 말에 월하린이 웃음을 터트렸다.

고마웠다.

자신을 위해 주는 그 마음이.

월하린이 쑥스러워하는 백호를 향해 진심을 담아 말했다.

"고마워요. 개수가 많긴 하지만 다 예뻐요."

말을 마친 그녀가 다시금 장신구를 향해 시선을 돌리고
는 고민되는 목소리로 말했다.

"전부 맘에 들어서 모두 달아 보고 싶은데…… 한 번에
다 머리에 달면…… 웃기겠죠?"

월하린의 농담에 백호가 피식 웃으며 중얼거렸다.

"목 부러진다."

*　　　　*　　　　*

주기진은 눈코 뜰 새 없이 바빴다.

무림맹에서 처리하는 일 외에도, 실종된 율무천을 찾는
모든 권한을 부여받은 탓이다. 그는 별동대를 조직하는 동
안 개방을 통해 정보를 제공받았다.

개방은 거지들로 이루어진 방파로, 그 숫자가 여타의 문
파와는 비교도 할 수 없을 정도로 많았다. 그들은 그 많은
머릿수로 중원 최고의 정보력을 자랑했고, 그 누구도 무시
하지 못할 무공도 지녔다.

개방의 호북 지부장은 적개라는 자였다.

나이는 마흔 중반 정도로 개방도답게 무척이나 꾀죄죄한 옷차림을 한 사내였다. 살짝 비대해 보이는 몸집과 어수룩해 보이는 얼굴.

그렇지만 겉으로 보이는 이런 모습과 달리 그는 개방 내에서도 세 손가락 안에 드는 고수였다.

적개가 왔다는 말에 하던 일을 끝내고 달려온 주기진이 그를 반갑게 맞았다.

"적개, 오랜만일세."

"장문인께서는 여전히 신수가 훤하시군요."

더러운 옷차림의 그에게 다가간 주기진은 표정 하나 바꾸지 않았다. 지독한 악취가 풍기는 것은 전혀 상관없는 기색이었다.

그랬기에 적개는 주기진이 좋았다.

무림의 명사라 하면 으레 어깨에 힘을 주고 뻐기기 일쑤였다. 적어도 화산파의 장문인이라면 그래도 전혀 이상할 게 없다.

그런데 주기진은 달랐다.

그는 겸손하고, 또 이처럼 더러운 적개에게도 서슴없이 다가오는 인성을 지녔다.

적개를 방으로 안내한 주기진이 황급히 물었다.

"그래, 부탁한 건 어찌 되었는가?"

"여기 있습니다."

적개가 꺼낸 몇 장의 서찰을 건네받은 주기진은 다급히 그 내용을 확인했다. 그가 개방에게 부탁한 것은 율무천의 행적이다. 사라진 당일, 그리고 그 이후에 혹시 그와 관련된 단서를 찾으려 한 것이다.

서찰을 보는 주기진이 입술을 깨물었다.

적개가 고개를 조아렸다.

"최선을 다해 봤지만 정확한 단서는 찾지 못했습니다. 믿고 맡겨 주셨는데 송구합니다."

"아닐세. 자네가 어찌 일을 대충 할 자인가? 자네가 찾지 못했다면 그 누구도 찾지 못한다는 말이 아닌가."

조용히 서찰을 하나씩 살피던 주기진이 그것을 내려놓으며 짧게 한숨을 내쉬었다. 정확한 정보로 추정되는 것은 없고, 그저 무림맹을 나갈 때 맹주의 모습을 본 이가 있다는 것 정도가 전부다.

어느 쪽으로 갔는지 방향은 대충 알겠지만…… 그것만으로 얼마나 파악할 수 있단 말인가.

적개가 입을 열었다.

"몇 군데 예상해 본 곳이 있는데 말씀드려도 되겠습니까?"

"물론이지. 어서 말해 보게."

물에 빠진 자가 지푸라기라도 잡는 심정으로 주기진이 재촉했다. 그러자 적개가 다른 쪽 품에서 지도 하나를 꺼내 책상 위에 펼쳤다.

지도를 바라보며 그가 말했다.

"처음 움직이셨던 방향과 사람 많은 길들을 제거해 보고, 또 거리상 이것저것 정리를 좀 해 봤습니다."

본 사람이 없다.

하지만 그걸 오히려 역이용했다.

율무천이 사라진 시간은 확실하게 알아냈다.

그랬기에 그 시간에 인근에 지나다녔던 사람들을 조사했다. 그렇게 가능성 있는 길을 하나씩 제거하다 보니 나온 몇 개의 장소들.

이 안에 율무천이 간 장소가 있을 확률은 극히 희박했지만, 그래도 아무런 것도 모른 채 움직이는 것보다는 훨씬 나았다.

적개가 지도에서 가리킨 몇 군데를 가만히 바라보던 주기진이 팔짱을 낀 채로 상념에 잠겼다. 그리 먼 곳들은 아니었지만 거리들이 제각각 퍼져 있어서 이 모든 곳을 조사하는 데는 며칠의 시간이 걸릴 게 분명했다.

고민하고 있는 주기진을 향해 적개가 조심스레 물었다.

"어떻게 하실 생각입니까?"

"더 늦어선 안 되니 별동대를 움직여야겠지."

"찾으실 수 있다 생각하십니까?"

"글쎄. 아마…… 힘들겠지."

웃고는 있지만 그 미소에는 왠지 모를 씁쓸함이 묻어났다. 죽을 고생을 하고 찾고는 있지만 주기진 또한 알고 있다.

율무천이 살아 있을 확률이 말도 안 되게 작을 거라는 것 정도는.

알지만 두 손 놓고 있을 순 없었다.

주기진이 적개에게 물었다.

"자네도 함께해 주겠는가?"

별동대를 움직이는 와중에도 개방과 정보를 주고받기 위해서는 그의 유무가 중요했다. 주기진의 제안에 적개가 시원스레 대답했다.

"물론입니다."

"고맙네, 자네가 함께해 준다면 많은 도움이 될 걸세."

"그런데 별동대의 구성은 끝내두셨습니까?"

"물론이지. 이미 다 짜고 정보만 오기를 기다리고 있었다네. 다만…… 딱 한 명 욕심나는 사내가 있긴 한데."

"욕심나는 자요?"

"그러네. 그 친구만 합류해 준다면 정말 큰 도움이 될 것 같은데 말이야."

주기진의 간절한 마음을 느꼈는지 적개가 신기하다는 듯이 말했다.

"대체 누굽니까? 이토록 장문인을 애타게 만들 인물이라니. 저까지 다 궁금하군요."

적개의 질문에 주기진이 가볍게 웃어 보이며 말했다.

"그냥…… 아주 제멋대로인 친구가 하나 있거든."

*　　　*　　　*

"싫어."

일언지하에 거절이다.

주기진 또한 이럴 걸 예상은 했지만 정말 눈 한 번 깜빡하기도 전에 칼처럼 백호의 대답이 돌아왔다. 주기진이 그토록 별동대로 함께 움직이고 싶어 하던 인물은 다름 아닌 바로 백호였다.

너무 순식간에 답하는 백호를 향해 주기진이 당황스럽다는 듯이 말했다.

"그래도 생각하는 척이라도 좀 해 줘야 되는 거 아닌가?"

"싫은데 뭘 생각을 해. 영감, 갑자기 왜 날 찾아와서 그런 별동대인지 뭔지를 도와 달라는지 모르겠지만 잘못 찾아온 거 아냐? 그걸 왜 나한테 부탁해. 당신 부하는 저기 있잖아."

백호가 구석에 앉아 있는 전우신을 가리키며 말했다. 그러자 주기진이 기다렸다는 듯 대답했다.

"그 부하가 바로 자네를 추천했네."

"뭐?"

백호가 두 눈을 부라리며 전우신을 노려봤다.

그런 백호의 눈빛에 전우신이 당황하여 손을 마구 저었다.

"맹세코 저 그런 적 없습니다."

백호의 성격을 아는 전우신이 그런 일을 할 리가 있겠는가. 만약 그랬다가는 저 성격에 자신을 가만두지 않을 거라는 것 정도는 이미 파악한 지 오래다.

전우신이 아니라고 하자 백호가 눈을 게슴츠레하게 뜨고 주기진을 바라봤다.

"아니라는데?"

"직접적으로 하진 않았지. 다만…… 아주 은연중에 자네를 추천하는 발언을 여러 번 했다네."

"대체 그게 무슨 말씀이십니까."

전우신이 억울하다는 듯 끼어들었을 때다.

주기진은 품 안에 있는 종이 한 장을 꺼내어 읽기 시작했다.

"무척이나 빠르고, 수백 장 떨어져 있는 자를 파악할 정도로 뛰어난 후각을 지님. 숨어 있는 자나, 사라진 자의 단서를 찾는 데 따라올 자가 없을 정도로 엄청난 능력을 지닌 걸로 추정. 저 녀석이 몇 달 전에 나한테 보낸 보고서일세."

주기진이 종이 안에 적힌 글귀를 읽어 내리자 전우신은 당황했다.

그의 말대로다. 저건 전우신이 백하궁에 들어가고 얼마 지날 즈음에 백호에 대한 자신 나름의 생각을 정리해서 보냈던 보고서다.

하도 오래돼서 까맣게 잊고 있었는데…….

당황하는 전우신의 모습이 재미가 있었는지, 똑같은 짓을 벌였던 아운이 낄낄거리며 놀려 댔다.

"아주 그냥 상세하게도 보고했네?"

"시끄러워."

전우신은 내심 말을 얼버무렸다.

얼마 전 월천후의 앞에서, 자신들과 만나서 좋았다고 말한 월하린의 모습이 생각나 왠지 모를 미안한 마음까지 치밀었다.

하지만 월하린 또한 그런 이들의 상황을 잘 알고 있었다. 그랬기에 주기진의 말에 전혀 기분 나쁘거나 하지 않았다.

애초부터 감시자의 역할로 백하궁에 온 걸 잘 알고 있지 않았던가.

별 신경 쓰지 않는 건 백호도 매한가지였다.

백호는 오히려 뻔뻔한 어투로 말했다.

"보고한 내용이 틀린 말은 아니네. 그런데 그게 내가 영감을 도와야 할 이유가 되나?"

백호는 시큰둥했다.

그도 그럴 것이 굳이 이곳 무림맹을 나가 귀찮은 일을 도울 생각 따위는 전혀 없었다. 왜 자신이 그런 쓸모없는 일에 시간을 써야 한단 말인가.

싫다는 뜻을 직설적으로 내비친 백호를 향해 주기진이 부탁한다는 듯이 말했다.

"그리 오래 걸리지도 않아. 한 이틀에서 삼일? 그 정도면 끝날 걸세. 내 부탁함세."

간절한 주기진의 청, 그렇지만 그런 걸로 꿈쩍할 백호가 아니었다.

그는 관심 없다는 듯 의자에 기댄 채로 멀뚱멀뚱 앉아 있었다. 하지만 월하린은 조금 달랐다.

"혹시 맹주님의 흔적을 찾으신 건가요?"

"어느 정도 장소를 좁혀서 조사 중이긴 한데…… 가능성은 희박하네. 그래서 백호의 도움이 필요한 것이고."

"그렇군요."

월하린은 입술을 매만지던 손가락을 살짝 깨물었다.

많은 것들이 복잡하게 얽히고 들어간다.

율무천의 실종과 그런 그가 부탁한 물건을 전해 받았어야 할 혜선 대사의 죽음까지.

월하린은 최근 이 일로 인해 심적으로 무척이나 고민스러운 상황이었다.

갑작스러운 혜선 대사의 죽음으로 인해 어쩌면 마지막이 될지도 모를 율무천의 부탁을 들어주지 못하게 되어 버린 것이다.

그 물건이 무엇인지도 모르는 지금 함부로 그것을 찾아내는 것도 문제였다.

그걸 찾은 후에는 어쩔 것인가?

물건을 전해 줄 당사자가 이미 이 세상에 없는데.

월하린은 율무천의 부탁을 그 누구에게도 말하지 못하고, 가슴에 쌓은 채로 끙끙 앓고 있는 상황이었다.

몇 번이고 청했지만 백호가 일언지하에 거절하자 주기진 또한 어쩔 수 없다 생각했는지 자리에서 일어났다. 그러면서도 그는 못내 미련을 떨치지 못하고 백호에게 다시금 청했다.

"혹 도와줄 생각이 든다면 연락 주게. 별동대는 내일 점심 즈음에 움직일 예정이야."

"절대 안 갈 거니 혹여나 기대는 하지 말고."

마지막까지 비협조적인 백호였지만 주기진은 그런 그의

도움이 필요했다.

주기진이 방을 나갔고, 시간이 워낙 늦은 탓에 곧 전우신과 아운이 자신의 거처로 돌아갔다. 그리고 백호만 홀로 월하린의 방에 남아 자리를 지켰다.

주기진이 떠난 지 이 각가량이 지났음에도 불구하고 월하린은 계속해서 율무천의 일로 고민하고 있었다. 그녀가 짧게 한숨을 내뱉었을 때였다.

"왜 그래?"

월하린의 표정이 좋지 못함을 알고 있던 백호였기에 그는 계속해서 그녀의 상태를 살피고 있었다. 그러던 와중에 월하린이 한숨까지 내쉬자 은근 신경이 쓰였던 모양이다.

월하린이 웃으며 고개를 저었다.

"별거 아니에요."

"별거 아니긴. 아까부터 딴생각만 하고 있잖아. 무슨 고민 있냐?"

"그냥…… 율무천 맹주님께서 무사히 돌아오셨으면 해서요."

"뭐야. 그걸로 그렇게 고민하고 있던 거야?"

"사실 맹주님께 부탁받았던 일이 있었거든요. 아주 중요한 일이라고 거듭 말씀하셨는데 제가 약속을 지키지 못할 것 같아서요. 그래서 이상하게 신경이 쓰이네요."

"그런 일이 있었어?"

백호가 되묻다가 이내 율무천이 실종되기 전에 만났던 일들을 기억해 냈다. 그때 그는 은밀히 월하린과 무엇인가 대화를 나누고 싶어 했고, 그때 아마도 그 같은 부탁을 했던 모양이다.

백호가 물었다.

"무슨 부탁이었는데 그렇게 고민해?"

"얘기하자면 좀 긴데요."

월하린이 말을 하기 시작했다.

사실 율무천의 부탁에 대해 그녀는 그 누구에게도 함구했다. 율무천의 심복이라 알려졌던 주기진에게조차도 말이다.

하지만 백호에게 이야기하는데 월하린은 전혀 거리낌이 없었다.

그만큼 그를 믿으니까.

여태까지 백호에게 이 사실을 말하지 않은 건, 처음엔 그저 율무천의 부탁대로 사건이 벌어지기 전까진 신경 쓰지 말아 달라는 것 때문이었다.

백호에게 뿐만이 아니라 자신도 머리에서 잠시 지우고 있었던 일. 그런데 율무천이 실종되는 일이 벌어졌고, 이후엔 그걸 받아야 할 대상인 혜선 대사가 죽었다.

이 일을 어찌 처리해야 할지 모르는 상황이었기에 월하

린은 섣부르게 이야기를 꺼내지 않았었던 것뿐이다.

율무천의 부탁에 대한 이야기가 모두 끝나자 백호가 머리를 긁적거렸다.

"곤란하긴 하겠네."

"그렇죠? 제가 독단적으로 해결해도 될 일은 아닌 것 같아서 더 고민이 커요."

말을 하면서도 월하린은 깊은 한숨을 내쉬었다.

수심이 깊어 보이는 그녀의 얼굴을 가만히 바라보던 백호가 이내 입을 열었다.

"내가 좀 알아볼까?"

"네?"

"저 영감이 말하던 그 별동대인가에 합류해서 내가 좀 알아봐 줄까 하고 묻는 거야."

"하지만…… 싫어했잖아요."

"응, 지금도 싫지. 싫긴 싫은데……."

백호가 자신의 턱을 어루만졌다.

정말 귀찮은 건 미칠 듯이 싫다. 남의 일에 끼어들어서 해결해 줄 정도로 착한 성격도 아니다. 다만 그 일로 인해 월하린이 계속해서 걱정하고 한숨 쉬고 있는 건 더더욱 싫었다.

"왜? 돕는 거 별로냐?"

"아뇨. 저야 백호가 나서서 확인해 준다면 훨씬 좋긴 하지만…… 괜히 저 때문에 싫은 일 하는 건 아닌지 미안해서 그러죠."

백호가 고개를 절레절레 저었다.

차마 입에서 나오지 못한 말이 목 안에서 맴돈다.

네가 힘들어하는 걸 보는 것보다 내가 귀찮은 걸 참는 게 훨씬 낫다는 말이.

월하린이 말했다.

"그렇다면 저도 같이……."

"아니, 나 혼자 다녀올게."

함께 가자는 월하린의 말을 백호가 일언지하에 거절했다.

그녀를 혼자 두는 게 아무렇지 않아서가 아니다.

당과를 사러 나가는 그 짧은 순간조차도 월하린을 두고 가는 걸 신경 쓰던 백호가 아니었던가.

솔직히 말해 이삼일 정도의 그리 긴 시간은 아니라 할지라도, 서로 떨어져 있는 다는 게 못내 신경이 쓰인다. 그럼에도 불구하고 백호가 혼자 나가려 하는 건 몇 가지 이유가 있었다.

우선은 이곳에 월천후가 있기 때문이다.

비록 맘에는 들지 않았지만 월천후는 백호 자신을 뛰어넘는 고수였다. 거기다 무림맹 내부에 있다면 자신이 없다

해도 별일은 벌어지지 않을 거라는 걸 알고 있다.

그리고 또 하나 월하린에게는 말할 수 없는 이유가 있었다.

백호가 자신을 바라보는 월하린의 눈동자를 마주하며 천천히 입을 열었다.

"네 일도 도울 겸 오랜만에 바깥바람 좀 쐬고 하려고. 조금 생각할 것도 있어서 말이야."

"생각할 거요?"

"뭐, 그런 게 있어."

백호는 말하지 않을 생각인지 대충 얼버무렸다.

월하린이 율무천의 일로 고민했던 것처럼 백호 또한 다른 이유로 많은 생각을 하고 있었다. 헤아릴 수 없는 억겁의 시간을 살아왔지만 이같이 고민을 해 본 것은 처음이다.

그 해답을 찾기 위해 백호는 잠시나마 바깥으로 나가려는 것이다.

월하린과 만난 이후 그녀와는 거의 항상 붙어 있었다. 하지만 그랬기에 조금이라도 떨어져 있어야만 한다는 생각이 들었다.

최근 찾아온 이 고민에 대한 답을 내리기 위해서라면.

제9장. 별동대
― 자, 시작해 보세

날이 밝았다.

주기진은 일찍부터 일어나 무림맹의 모든 밀린 업무를
끝냈다. 그가 한숨 돌릴 여유를 찾자 이미 해는 중천을 향
하고 있었다.

때마침 바깥에서 익숙한 목소리가 들려왔다.

"준비가 끝났습니다."

개방 호북 지부장 적개다.

주기진이 자리에서 일어나더니 옆에 있는 검을 들고는
바깥으로 걸어 나갔다. 그곳에는 미리 와서 기다리는 별동
대가 대기하고 있었다.

그 인원은 주기진과 적개를 포함해서 고작 열다섯 명.

더 많은 인원을 뽑을 수도 있었지만 주기진은 그러지 않았다. 중요한 건 머릿수가 아니다. 정말로 그자가 믿을 수 있는 자인지 아닌지가 먼저다.

그렇게 추리고 추리다 보니 남은 건 이곳에 있는 이들이 전부였다.

화산파의 무인들로 구성된 별동대를 바라보던 주기진이 이내 적개에게 물었다.

"혹시 연락 온 건 없는가?"

"연락이라뇨. 개방 쪽을 말씀하시는 겁니까?"

"아니, 그냥 별동대에 합류하겠다고 누구 찾아온 이는 없나 해서 묻는 걸세."

"그런 이야기는 듣지 못했습니다."

"역시 안 올 생각인가 보군."

주기진이 아쉽다는 듯이 중얼거렸다.

안 올 거라 생각했으면서도 내심 이 자리에 백호가 함께하고 있기를 바랐던 주기진이었다. 그렇지만 예상대로 그의 모습은 찾아볼 수도 없었다.

적개가 주기진의 말에서 상황을 파악했는지 물었다.

"어제 말씀하셨던 자를 포섭하지 못하셨나 봅니다."

"허허. 와 주지 않을까, 아주 조금 희망을 가져 봤는데…… 귀찮다더니만 결국은 안 왔군그래."

"귀, 귀찮다고요?"

적개가 당황한 듯이 중얼거렸다.

상대가 누구인가.

무림에서 알아주는 고수이자 명성이 자자한 주기진이
다. 그런 그의 부탁을 단지 귀찮다고 거절할 만한 자가 대
체 누가 있단 말인가.

믿을 수 없다는 듯한 적개의 반응에 주기진은 그저 씁쓸
한 미소를 지어 보이다 이내 정신을 차렸다.

백호가 함께해 줬으면 좋겠지만, 그가 싫다고 한 이상
더는 미련을 가지고 있을 때가 아니다. 그가 한자리에 모
인 별동대들에게 짧게 명령을 내렸다.

"시간이 그리 많지 않아. 조그만 단서라도 좋다. 조사하
는 내내 뭔가 아주 조금이라도 의심스러운 뭔가를 발견한
다면 바로 보고하도록. 그럼 바로 출발하지."

짧은 말을 마친 주기진은 화산파의 무인들과 적개로 이
루어진 별동대를 이끌고 걸음을 옮기기 시작했다. 그들이
곧바로 주기진의 거처를 벗어날 무렵이었다.

"왜 이렇게 늦어?"

성큼 걸어 나가던 주기진의 발걸음을 멈추게 하는 익숙
한 목소리. 주기진이 잘못 들은 게 아닌가 하는 표정으로

시선을 돌렸다.

그리고 그곳에는 주기진이 그토록 함께하기를 바랐던 백호가 있었다. 백호는 자신을 향해 밝은 표정을 지어 보이는 주기진을 향해 가볍게 손을 들어 올렸다.

주기진이 반갑게 백호를 맞았다.

"안 올 줄 알았는데 어쩐 일인가?"

"뭐, 나도 그러려고 하긴 했는데…… 이 녀석이 좀 도와줬으면 하더라고."

백호가 옆에 서 있는 월하린을 힐끔 쳐다보며 말했다. 주기진과 시선이 마주치자 월하린은 웃으며 가볍게 눈인사를 보냈다.

주기진이 대단하다는 듯 말했다.

"월 궁주는 정말 못 하는 게 없군그래. 죽어도 안 오겠다던 백호의 마음을 돌릴 줄이야."

"제가 한 건 아무것도 없는 걸요."

월하린은 주기진의 칭찬에 부담스럽다는 듯 말했다. 물론 그녀의 말대로 딱히 백호에게 주기진을 도와 달라거나 부탁한 것은 아니다.

다만 월하린 그녀가 백호를 움직이게 만들 수 있는 유일한 사람이었을 뿐이다.

주기진이 물었다.

"그럼 월 궁주도 함께하는 건가?"

"아뇨, 백호가 혼자 다녀오겠다고 해서요. 전 무림맹에 있을 생각이에요."

"그래?"

주기진이 의외라는 표정을 지어 보였다.

백호와 오랜 시간 함께한 것은 아니지만 그가 항상 월하린 옆에 찰싹 달라붙어 있다는 건 정도는 알고 있다. 그런 그가 월하린을 두고 혼자 자신을 쫓아 올 거라고는 생각하지 않았던 것이다.

"계속 떠들고만 있을 거야? 빨리빨리 가자고."

백호가 재촉했다.

이유가 있어서 혼자 무림맹 바깥으로 나가는 것이고 또 월하린이 위험할 거라고는 생각하지 않았지만, 그럼에도 불구하고 혼자 두고 가는 건 마음이 놓이지 않았다.

"그러지. 그럼 돌아와서 보세. 월 궁주."

주기진이 고개를 끄덕이고 움직일 때였다.

그들을 따라 움직이려던 백호가 쉬이 발이 떨어지지 않는지 몇 발자국 걸어가다 멈추어 서고는 몸을 획 돌렸다. 그러곤 월하린의 코앞까지 성큼성큼 다가와 다시금 경고하듯이 이야기했다.

"아침에 한 말 안 잊었지? 절대……."

"무림맹 바깥으로 나가지 말고, 혹시나 무슨 일이 있으면 아버지를 찾아가라. 매화, 두건 옆에서도 떨어지지 말고. 맞죠?"

월하린이 백호의 말을 가로채며 말했다.

기억하고 싶지 않아도 기억할 수밖에 없었다.

어제저녁부터 정말 쉼 없이 들었던 말이니까. 이 똑같은 말만 아마 골백번 가까이는 했을 것이다. 귀에 딱지가 질 정도로 같은 말을 백호는 계속해서 반복했다.

그렇지만 결코 그것이 기분 나쁘지는 않았다.

백호가 이렇게 나가 주는 것도 자신의 걱정을 덜어주기 위함이고, 또 이렇게 같은 말을 반복하는 건 혹시나 월하린 그녀가 위험해질까 염려해서 하는 말이니까.

월하린의 눈에 점점 멀어져 가는 별동대의 모습이 들어왔다. 어서 보내야 하는데 참으로 우습다.

고작 이틀에서 삼일이다.

그 짧은 시간을 헤어져 있어야 하는 것뿐인데도 불구하고 월하린은 쉬이 이 사내를 보낼 수가 없었다.

그런 자신의 모습이 우스웠는지 월하린이 피식 웃었고, 그런 그녀를 향해 백호가 물었다.

"왜 웃어?"

"아뇨, 생각해 보니 저희가 만나고 이렇게 떨어져 본 적이 없었구나 싶어서요. 그래서 그런가? 겨우 이삼일인데 이상하게 떨어지기가 힘드네요."

웃으며 말하는 월하린.

그리고 그런 그녀를 바라보는 백호.

월하린이 손을 들어 살짝 흔들어 보였다.

더는 백호를 잡고 있어선 안 됨을 알기에.

"조심해서 다녀와요. 여기서 기다리고 있을 테니까."

"······그래."

백호는 고개를 끄덕이고는 몸을 돌렸다.

그렇지만 채 몇 걸음 떼지도 못하고 그가 갑자기 발을 멈추더니 자신의 머리를 마구 헝클어트렸다. 그러더니 백호가 고개를 돌려 월하린을 바라봤다.

백호가 우물쭈물하다 괜히 더 크게 그녀를 불렀다.

"야!"

"왜요?"

"그······ 너만 그런 건 아냐."

"뭐가요?"

월하린이 무슨 말이냐는 듯 되묻자, 백호가 몸을 획 하니 돌려 걸어 나가며 말했다.

"나도 너랑 떨어지기 힘들다고."

그 말을 마지막으로 백호는 부끄러웠는지 빠르게 앞으로

달려 나갔다. 그리고 그런 백호의 말에 월하린은 두근거리는 심장을 애써 달래야만 했다.

멀어져 가는 백호를 바라보던 월하린이 억울하다는 듯이 속으로 중얼거렸다.

'바보, 그런 말은 좋아하는 상대한테나 하는 말이라고요.'

＊　　＊　　＊

"여긴 아니야."

"아니라고?"

"응, 확실해."

백호가 고개를 끄덕이며 옆에서 되묻는 주기진의 질문에 대답했다. 그렇지만 주기진은 전혀 이해가 안 간다는 듯이 되물었다.

"어떻게 확신하는가?"

이들이 있는 곳은 호북성 동호(東湖) 인근에 있는 산자락이었다. 가장 먼저 온 이곳은 율무천이 실종되기 직전에 왔을 거라 예측한 몇 개의 장소 중 가장 확률이 높은 곳이었다.

그랬기에 내심 뭔가 단서를 찾길 바라는 마음으로 왔거늘. 목적지에 도착하기 무섭게 백호는 고개를 저었다.

그런 백호의 행동에 뒤편에 있던 적개가 표정을 찌푸렸다.

사실 적개는 백호가 그리 마음에 들지 않았다.

주기진의 말처럼 정말로 그런 대단한 추적술을 지녔다는 것도 믿기 어려웠고, 특히나 건방진 말투가 계속해서 심기에 거슬렸다.

나이도 많고, 배분도 높은 주기진에게 함부로 반말을 해 대는 모습이 보기 좋게 보일 리 없었다.

적개가 불만스러운 시선으로 백호를 가만히 바라보고 있을 때였다. 주기진의 질문에 백호가 대수롭지 않게 대답했다.

"피 냄새가 전혀 안 나."

율무천은 엄청난 고수다.

그런 그가 당했다면 적어도 치열한 싸움이 있을 거라 판단했다. 그렇다면 적지 않은 출혈도 있었을 것은 당연지사.

하지만 그 이야기를 듣고 있던 적개가 어처구니없다는 듯이 말했다.

"아니, 맹주님이 실종되신 게 언젠데 이제 와서 피 냄새야. 이봐, 벌써 보름이 훌쩍 넘었어. 그런데 지금 피 냄새 가지고 그런 걸 판단할 때야?"

백호가 불만을 토해 내는 적개를 힐끔 쳐다보더니 이내 시선을 돌려 주기진을 바라봤다.

백호는 손가락으로 적개를 가리키며 말했다.

"저놈은 뭐야?"

"노, 놈?"

적개가 당황한 듯이 중얼거렸다.

화가 났는지 얼굴이 붉어지는 그를 향해 참으라는 듯이 시선을 보냈던 주기진이 백호의 질문에 답했다.

"개방 호북 지부장이네."

"개방? 아아. 그 거지들이 모여 있다는 곳이군."

백호가 기억 한편에 있던 개방의 정보를 떠올리며 크게 고개를 끄덕거렸다. 여태까지 신경도 안 쓰던 그가 개방도라는 말에 백호는 그제야 시선을 좀 주다가 물었다.

"개방 호북 지부장이라면 꽤 세겠네? 영감보다는 약할 테고. 거기 무공, 그 뭐야, 강룡십팔장(降龍十八掌)이라고 했나? 그게 좀 볼만하다던데."

백호가 궁금하다는 듯 물었다.

강룡십팔장은 개방의 독문무공으로, 보통의 장법과는 그 궤를 달리한다. 중원에는 수천 개가 넘는 다양한 장법들이 있다.

개중 파괴력만으로는 그 무엇도 따라오지 못한다는 장법이 바로 강룡십팔장이다.

장법이지만 강기에 버금가는 말도 안 되는 위력을 머금

은 무공.

다만 위력적인 만큼 내공의 소모가 심하다는 단점을 지닌 탓에 개방도 중에서도 실질적으로 제대로 사용할 수 있는 이는 극히 드물었다.

백호가 강룡십팔장에 대해 궁금해할 때였다.

주기진 또한 적개와 비슷한 생각인지 이해가 안 간다는 듯이 말했다.

"나도 적개와 생각이 같아. 보름이 넘었는데 피 냄새로 찾는다는 건……."

"매화한테 못 들었어 영감? 내가 얼마나 후각이 예민한지."

"이건 예민하고 말고가 아니라 그냥 말도 안 되는 소리지."

옆에서 적개가 말도 안 된다며 떠들어 댔다.

자신의 후각을 무시하는 듯한 적개의 발언에 백호가 표정을 와락 구겼다. 그가 짜증 가득한 목소리로 말했다.

"하, 정말 귀찮게 하네. 그럼 증명하면 되지?"

"뭘 어떻게 증명하겠다는 거냐?"

"그 더러운 옷 마지막으로 빨래한 게 언제야."

"이 옷? 사고 한 번도 빤 적 없는데."

빨래를 한 적이 단 한 번도 없다는 말에 백호는 잠시 떨떠름한 표정을 지어 보였다. 저런 옷의 냄새를 맡는다는 게 그리 탐탁지는 않았지만……

백호가 갑자기 눈을 감고는 길게 숨을 들이마셨다. 아주 잠시 눈을 감은 채 후각에 집중하던 백호가 입을 열었다.

"생긴 거에 안 어울리게 꽃으로 담근 술을 좋아하는군. 좋아하는 음식은 개고기, 한 열흘 전쯤에는 마구간 같은 데서라도 잤나? 말똥 냄새가 지독하군그래. 오호, 그리고 한 달 전쯤엔…… 피도 봤네? 죽인 거야 아니면 그냥 다치게 한 정도?"

아무렇지 않게 내뱉는 백호의 말이 적개의 얼굴을 굳게 만들었다. 굳은 얼굴이 말해 주는 것처럼 그는 지금 너무 당황한 상태였다.

'아니, 대체 저걸 다 어떻게 안 거지?'

백호의 말은 하나도 틀리지 않았다.

그는 꽃으로 담근 술과 개고기를 즐기고, 얼마 전에 마구간에 숨어서 누군가를 감시한 적도 있다. 또 결정적으로 한 달 전에는 개방 내부의 비밀스러운 임무로 누군가를 반죽음 상태로 만들었다.

너무나 자신 있게 내뱉는 백호의 말에 주기진이 적개를 바라봤을 때였다. 적개가 백호의 말이 모두 맞았다는 듯이 고개를 끄덕였다.

그러자 주기진이 깜짝 놀라 물었다.

"어찌 그걸 다 알아차렸는가? 설마 정말로 그토록 오래

된 냄새들을 맡았다는 겐가?"

"그렇다니까."

"그게 가능한 일인가?"

"다른 놈들한테는 불가능하겠지. 하지만 난 가능해. 어때? 이제 믿을 수 있겠어?"

백호의 말에 주기진은 절로 고개를 끄덕일 수밖에 없었다. 이렇게 직접 눈앞에서 보여줬는데 어찌 믿지 않을 수 있겠는가.

주기진뿐만이 아니다.

적개도, 화산파의 별동대 대원들도 백호의 능력을 직접 보고는 감탄하고 있었다.

시간을 지난 냄새까지 파악하다니, 정말 말도 안 되는 후각이다.

백호가 짧게 말했다.

"자, 여긴 확인했으니 다음 장소로 이동!"

말을 마친 백호가 성큼성큼 걸어 나갔다.

먼저 앞장서서 걸어가는 백호의 뒤편에서 놀란 듯 서 있는 주기진을 향해 적개가 다가왔다. 그가 주기진의 옆에 서더니 실로 놀란 어조로 말했다.

"정말 말도 안 되는 능력입니다."

"허허, 도움이 될 거라고는 생각했지만 이 정도일 줄이야."

"그래도 혹시 모르니 수하 하나는 남겨 두고 근처를 조사하도록 명령하겠습니다."

"그러게."

주기진이 고개를 끄덕였다.

꼼꼼해서 나쁠 것은 없으니까.

짧게 이야기를 마친 주기진이 앞장서서 나아가는 백호를 향해 다가갔다. 그리고 뒤편에 혼자 남은 적개는 남몰래 자신의 어깨에 코를 가져다 댔다.

킁킁.

냄새를 맡으며 표정을 구긴 그가 나지막이 중얼거렸다.

"한번 빨긴 빨아야겠네."

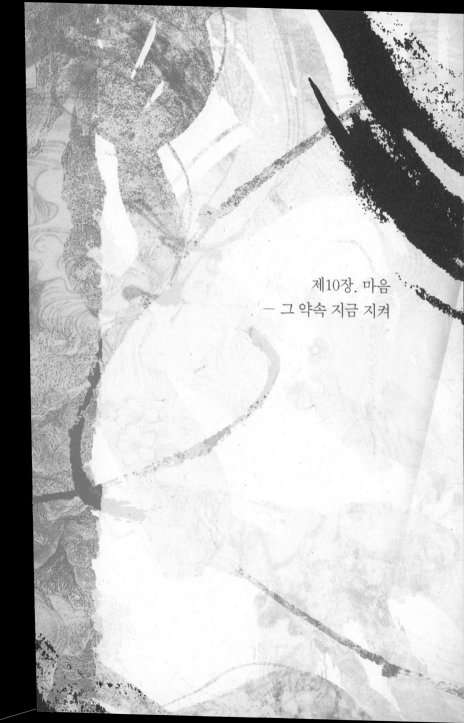

제10장. 마음
— 그 약속 지금 지켜

"하아, 이번에도 허탕이군."

달리는 마차에서 주기진이 짧은 한숨을 내쉬며 중얼거렸다. 의심스러운 장소를 조사하고 떠날 때마다 한 명씩 남겨 두다 보니, 백호를 포함해 열여섯이었던 인원이 어느덧 여섯 명으로 줄어 있었다.

인원이 확 줄다 보니 마차 한 대만으로도 충분히 이동이 가능해져 버렸다.

마차 안에는 백호와 주기진이 자리했고, 둘은 마부석에 그리고 나머지 둘은 말을 타고 양옆에서 쫓아왔다.

사실 개방 호북 지부장인 적개 또한 마차 안에 타려 했지만 백호가 그걸 허락지 않았다.

이유는 간단했다.

냄새가 나니까.

백호는 자신의 예민한 후각에 큰 타격을 준다며 그를 마부석으로 쫓아내고야 말았다. 결국 떠밀리다시피 마부석으로 자리를 잡게 된 그는 계속해서 투덜거리고 있었다.

백호는 마차 안에서 턱을 괸 채로 가만히 흘러가는 주변의 광경을 멍하니 바라봤다.

겨울의 밤은 꽤나 빠르게 찾아온다.

해가 진 지 그리 오래되지 않은 것 같은데, 벌써 어둠은 한 치 앞도 분간하기 힘들 정도로 세상을 집어삼켰다.

'심심하네.'

율무천의 흔적을 찾기 위한 조사를 시작한 지 벌써 이틀째다. 어제와 오늘 정말 쉴 없이 움직였고, 제법 많은 일들을 한 것 같다.

그런데 이 지루함은 무엇일까?

인간 세상의 삶이 나름 재미있다 생각했던 백호였다. 그렇게 느껴졌던 삶이 갑자기 지루하다 못해 너무나 천천히 흐른다.

아무것도 안 하는 하루도 이렇게 심심하진 않았거늘…….

이유가 무엇인지는 알고 있었다.

월하린, 그녀가 있고, 없고의 차이일 뿐이다.

'별일은 없겠지?'

계속해서 드는 걱정, 그렇지만 백호는 이내 고개를 저었다.

쉼 없이 움직이고는 있지만 실상 무림맹과 그리 먼 것은 아니다. 지금 별동대가 움직이고 있는 곳들은 무림맹을 기점으로 해서 커다랗게 원을 그렸고, 그 안에서 의심되는 곳들을 움직이고 있었다.

동서남북으로 마구 분리되어 있는 탓에 이동하는 데 조금 시간이 걸리긴 했지만, 그 모든 곳들이 무림맹과는 제법 가까운 거리였다.

만약 무슨 일이 있었다면 연락이 와도 오래전에 왔을 터. 아무런 연락도 없다는 건 월하린에게 별일이 없다는 걸 의미했다.

사실 나오고도 수십 번이 넘게 그냥 함께 올 걸 그랬나 하는 고민에 빠지곤 했다. 그렇지만 그래선 의미가 없었다.

백호는 자신의 생각을 정리해야 할 시간이 필요했다. 생각의 정리라는 건 다름 아닌 변한 자신의 모습과 관련된 것이었다.

꽤나 오래전부터 느껴왔지만, 행동이 스스로도 이해가 가지 않았다. 물론 그 모든 건 월하린과 관련된 일이었다.

창밖을 바라보고 있던 백호의 머릿속에 일전에 들었던 현무의 말이 떠올랐다.

— 사랑이로군

현무의 그 한 마디를 떠올린 백호는 자신도 모르게 표정을 찌푸렸다. 월하린을 두고 나온 결정적 이유가 된 한마디가 바로 저것이 아니던가.

백호는 그때 그랬던 것처럼 다시금 코웃음을 쳤다.

'사랑은 무슨. 난 그런 감정 따위에 휘둘리는 미물이 아니라고.'

그렇게 생각하면서도 백호는 이상하게 그 말이 신경 쓰였다. 그랬기에 스스로에게 증명하려 한 것이다. 자신이 한 인간을 사랑하는 게 아니라는 것을.

이렇게 떨어져 있다면 조금 더 냉정하게 생각할 수 있을 거라 생각했다. 월하린을 보지 않고 있으면 아무런 생각도 나지 않을 거라고도 생각했다.

그런데 그렇진 않았다.

머리는 더욱 복잡해졌고, 떨어져 있어도 계속해서 월하린이 생각났다.

자신의 이런 모든 것들이 사랑이 아니라는 걸 확신하기

위해 나왔거늘, 해결된 것은 아무런 것도 없다. 그저 점점 머리만 무거워지고 있었다.

백호는 창밖을 멍하니 바라보다 짜증스럽게 입을 열었다.

"에이. 머리 아파."

"대체 뭘 계속 그리 생각하나?"

"그런 게 있어. 그나저나 몇 군데나 더 남은 거야?"

백호에게 말은 하지 않았지만, 워낙 뛰어난 그의 능력을 본 주기진은 적개와 비밀리에 상의해서 의심스러운 장소 몇 군데를 더 조사 범위에 포함시켰다.

그게 아니었다면 오늘 돌아가고도 남았을 상황.

그 사실을 알면 길길이 날뛸 것을 알기에 주기진은 딱히 이런 이야기를 해 주진 않았다.

내심 찔렸는지 주기진이 헛기침을 했다.

"흠흠, 이틀 정도 더 걸릴 것 같군."

"그래? 내가 합류했는데도 원래 예정에서 크게 변한 게 없네."

"자네가 오기 전에 몇 군데 추가가 돼서 말이야."

"추가가 됐다고? 그런 건 미리……."

백호가 불만스레 말을 꺼냈을 때였다.

덜컹!

달리던 마차가 갑자기 크게 흔들리더니 이내 멈추고야

말았다. 마차 안에 있던 주기진이 기울어 버린 마차 안에서 균형을 잡더니 이내 고개를 내밀었다.

"무슨 일인가?"

적개는 이미 마부석에서 내려 마차를 살피고 있었다. 적개가 바퀴 부분을 만지작거리며 대답했다.

"말이 지쳐서 발을 헛디뎠는데 그때 하필 바퀴까지 빠져 버렸습니다."

꽤나 강행군이었다.

이 정도로 달리려면 몇 번이고 말을 바꾸고 움직여야 했는데 그게 쉽지 않았다. 말을 바꿀 만한 마구간이 있는 마을과는 제법 거리가 떨어진 곳들인지라, 버거울 걸 알면서도 억지로 이동했다.

그러던 차에 여태까지 잘 버텨 오던 말이 결국은 탈진하고야 만 것이다.

적개가 마차에서 내린 주기진을 향해 제안했다.

"말도, 사람도 너무 지쳤습니다. 잠시 식사도 하고, 눈도 좀 붙이고 가시는 게 나을 것 같습니다."

"그러지 그럼."

주기진의 허락이 떨어지자 별동대 무인들도 짧게 한숨을 내쉬었다. 제대로 잠도 못 자고 이동하며 조사를 계속해 왔다.

시간은 그리 길지 않았지만 피곤한 건 사실이었다.

그리고 따로 준비한 음식들이 없었기에, 밥이라고는 달리는 말 위에서 먹은 육포가 전부라 배 또한 허기졌다.

쉬자는 말이 떨어지기 무섭게 별동대 무인들이 짐을 풀었다.

인근에 마을이 없었기에 야영을 해야 했고, 계절은 무척이나 추웠다. 그들은 빠르게 땔감을 마련하기 위해 인근 공터를 뒤지러 출발했다.

그들이 땔감을 마련하는 사이 적개는 쉴 만한 장소를 찾고, 마차와 말들이 휴식을 취할 공간도 마련했다. 그렇게 모두가 바삐 움직이는 와중에도 백호는 기우뚱하게 기운 마차에 앉아 시간만 죽이고 있었다.

혼자 이것저것 준비를 하던 적개가 그런 백호를 향해 불만스럽게 말했다.

"어이, 백호. 너도 좀 와서 돕는 게……."

자신을 향해 말하는 적개를 힐끔 쳐다본 백호가 웬일인지 선선히 마차에서 내려와 다가왔다. 그런 백호의 모습에 적개조차 당황했다.

비록 이틀이지만 이 백호라는 사내의 제멋대로인 성격을 아는 데는 그 정도면 충분했다. 물론 백호의 능력을 알게 된 이후엔 그를 보는 시선이 많이 좋아진 적개다.

적어도 그의 능력만큼은 의심할 여지가 없다고 판단한 탓이다.

적개는 자신을 향해 다가온 백호를 보며 크게 고개를 끄덕이며 말했다.

"그래, 다들 이렇게 일하는데 너도……."

"하암."

가까이 다가온 백호가 바닥에 털썩 누워 버렸다. 그는 불을 피우려는 땔감과 가장 가까운 명당자리를 차지해 버렸다.

도우러 온다 착각했던 적개는 이내 한숨을 내쉬었다. 바닥에 누운 백호는 그런 적개의 마음을 아는지 모르는지 오히려 불을 붙이려 하는 화산파 무인을 재촉했다.

"추우니까 빨리 좀 피워 봐."

"아, 예."

백호의 재촉에 화산파 무인은 열심히 나무를 비벼 댔다. 그 모습을 바라보던 백호가 짜증이 났는지 하품을 하며 입을 열었다.

"하루 종일 불 피울 거냐? 저리 비켜."

백호의 말에 나무를 비벼 대던 무인이 슬쩍 뒤로 물러나며 왜 그러냐는 듯 바라볼 때였다. 누워 있던 백호가 손가락으로 쌓아 놓은 땔감 가운데를 가리켰다.

그 순간 나무에 불이 일었다.

화아아악.

순식간에 주변을 태워 먹을 정도로 큰 불이 일었다가 사라졌다. 가만히 서 있던 화산파 무인은 그 모습에 놀라 뒷걸음질 쳤다.

내공을 이용해 단번에 불을 붙인 백호가 심드렁한 표정으로 말했다.

"뭐하냐? 불 꺼지지 않게 나무 좀 팍팍 넣어."

백호는 아무렇지 않게 행동하고 있었지만, 그 모습을 보고 있는 이들은 모두 놀랄 수밖에 없었다.

저토록 떨어져 있는 나무에 진기를 이용해 아무렇지 않게 불을 붙이는 건 결코 쉬운 일이 아니었으니까.

자리에 누운 채로 그냥 손가락으로 불을 일으키는 백호의 모습은 그의 내공이 상상을 불허한다는 걸 말해 줬다.

'대체 저런 놈이 어디서 나타난 거야?'

개방도로서 적개는 궁금증이 치밀 수밖에 없었다.

예부터 사람들은 하늘에서 뚝 떨어졌냐는 말을 쓰곤 했다. 하지만 적개는 그 말을 좋아하지 않았다. 개방에 몸담은 그는 세상에 갑자기 나타나는 건 없다 생각했다. 그 모든 걸 찾아보면 결국은 뭔가 나오기 마련이다.

그렇게 생각하며 평생을 살아왔던 적개. 그런데 그 생각을 산산이 부숴 버린 자가 바로 저기 누워 있는 백호였다.

저자를 보고 있노라면 그토록 싫어하던 말밖에는 떠오르지 않는다.

정말 하늘에서 뚝 떨어진 게 아닐까 하는 생각이.

적개가 무슨 생각을 하는지도 모르고 백호는 따뜻한 불에 몸을 녹이며 두 눈을 감았다.

추운 날씨에 따뜻한 불길을 쐬자 나른함이 밀려온다.

백호는 그렇게 눈을 감은 채로 주변의 움직임에는 전혀 신경 쓰지 않고 혼자만의 휴식을 즐겼다. 옆에 앉은 화산파의 무인들이 뭔가 대화들을 나눴지만 백호는 별 신경을 쓰지 않았다.

그는 그저 따뜻한 불길을 느끼며 잠이 들었다.

그렇게 짧은 잠에 빠졌던 백호를 깨운 것은 어떤 구수한 냄새였다.

백호가 두 눈을 번쩍 떴다.

예상대로 땔감 위에서는 고기가 노릇노릇 구워지고 있었다. 백호가 벌떡 자리에서 일어났다.

그가 몸을 일으켜 세워 불가에 있는 화산파 무인들과의 거리를 좁혔다. 갑작스럽게 백호가 일어나 몸을 끌며 다가오자, 화산파 무인들은 놀란 듯 그를 바라봤다. 익어 가는 고기에 가까이 다가온 백호가 두 눈을 빛내며 물었다.

"이건 어디서 났냐?"

"땔감을 구하다가 사냥을 했습니다."

"호오, 그래?"

평소에는 무리에 전혀 섞이지 않던 백호가 고기 하나에 이렇게 다가와 함께 자리하고 있자, 화산파 무인들은 일순 당황스러웠다. 하지만 이내 그런 백호를 향해 한 명이 조심스레 물었다.

"백 소협도 같이 드시겠습니까?"

"그럼 너희들만 먹으려고 했냐?"

백호가 당연하다는 듯이 되물었다.

갑작스러운 백호의 행동에 화산파 무인 셋이 서로의 눈치를 살폈다.

그나마 백호와 말을 나누던 주기진도, 개방의 적개도 지금은 무슨 할 말이 있는지, 보이지도 않는 먼 곳까지 가서 둘이 대화를 나누고 있었다.

세 사람이 어색해하고 있을 때였다.

그가 군침을 삼키며 익어 가는 고기를 가리켰다.

"야야, 거기 타잖아. 빨리 좀 돌려."

백호의 재촉에 고기를 굽고 있던 무인이 황급히 손을 움직였다.

잠시 백호의 등장에 이야기들이 멈췄었지만, 이내 그가

조용히 익어 가는 고기만 보고 있자 중단되었던 대화들이 오고 가기 시작했다.

무인 한 명이 말했다.

"그래서 어떻게 됐는데?"

"아, 그래서 말이야……."

이들의 이야기가 오고 감에도 백호는 전혀 신경도 쓰지 않고 있었다. 그의 시선이 익어 가는 고기에 고정되어 있었다. 그리고 이내 어느 정도 먹을 정도가 됐다 생각하자 백호는 황급히 고기를 찢었다.

그가 뜨거운 고기를 아무렇지 않게 씹어 먹고 있을 때였다.

그런 백호를 잠시 바라보던 화산파 무인 중 하나가 말을 이었다.

"어땠는데?"

"그게 말로 표현이 되나. 흡사 뭔가에 맞은 것 같았지. 심장이 덜컹하더라고."

맞았다는 말에 백호가 고기를 뜯다가 힐끔 그를 바라봤다. 말을 내뱉는 화산파의 무인은 뭔가를 생각하는지 실실 웃고 있었다.

처음으로 이들의 말이 귀에 들어오는 순간이었다.

하지만 백호는 이내 관심을 끊었다. 뭐에 맞든 말든 별

상관없는 이야기였으니까.

웃고 있던 그가 말을 이었다.

"자꾸 생각나더라고. 꿈에서도 나오기도 하고, 보기만 하면 막 심장이 두근거리고, 별거 아닌 행동 하나하나가 너무 귀엽고 특별하게 다가오더라. 하, 그리고 막 우는 걸 어쩌다 보게 됐는데…… 정말 하늘이 무너지던데?"

사내의 말이 길어질수록 고기에 열중하던 백호의 시선이 점점 그에게로 향했다.

백호는 고기를 씹는 것도 잊은 채로 멍하니 그를 바라봤다. 지금 저 사내가 말하는 감정을 백호 또한 너무나 잘 알고 있었으니까.

저건 바로 월하린을 향한 자신의 마음이 아니던가.

지금 저런 자신의 마음이 뭔지 모르겠어서 월하린을 떠나 며칠이나마 이렇게 바깥에서 생각을 정리하고 있는 백호였다.

그런 와중에 마치 자신의 마음을 읽은 것처럼 똑같이 말하는 사내를 백호가 놀란 눈으로 바라봤다.

'저놈 뭐야? 어떻게 내 맘을 그대로 말하는 거지?'

백호가 놀라고 있을 때 사내는 멋쩍은 듯 웃으며 말했다.

"그 뭐라고 해야 되나? 음…… 내가 가진 걸 전부 다 줘도 아깝지 않을 그런 느낌?"

거기까지 듣자 백호는 더는 참지 못했다.

백호는 입안에 든 고기를 씹지도 않고 물었다.

"그게 뭔데?"

"예?"

"지금 말한 그게 그러니까 뭐냐고."

"아, 그게……."

백호의 질문에 사내는 쑥스럽다는 듯 뒷머리를 긁적였다. 친하지도 않은 사람한테 얼결에 이런 이야기를 하게 된 것이니까.

그가 얼굴을 붉히며 말했다.

"제가 짝사랑하는 여자 이야기입니다."

푸웃!

백호가 당황하며 입에 물고 있던 고기를 쏟아 냈다. 그런 그를 화산파 무인들이 왜 그러냐는 듯이 바라볼 때였다.

백호가 소매로 입가를 닦아 내며 말했다.

"사, 사랑? 사랑이라고 이게?"

백호가 당황한 듯 더듬거렸다.

*   *   *

주기진은 마주 앉아 있는 백호를 걱정스러운 듯이 바라

봤다. 백호는 완전 넋이 나간 상태였다. 어제저녁부터 갑자기 정신 줄을 놓은 것처럼 알 수 없는 소리를 중얼거리기 일쑤였다.

물론 그 와중에도 필요한 곳을 모두 데리고 다니며 조사는 마쳤으니 별문제는 없었지만.

"하하, 하하. 설마…… 에이, 아니겠지."

마차에서 계속 혼잣말을 하는 백호의 모습을 보던 주기진이 결국 참지 못하고 물었다.

"무슨 일 있는가? 어제저녁부터 상태가 영 이상하군그래."

주기진이 말을 걸자 백호가 그를 힐끔 쳐다보더니 이내 아무렇지 않다는 듯 말했다.

"내가 뭐? 나 멀쩡한데?"

"그래? 실성한 사람처럼 웃다가 갑자기 찡그리고…… 그러다 혼잣말도 하고 그러는데 이게 평소 자네 모습인가?"

전혀 문제없는 척하려 했던 백호였지만 주기진의 이야기를 끝까지 듣자, 차마 말을 잇지 못했다. 자신이 보기에도 저런 모습을 보이는 자가 멀쩡해 보일 리는 없을 테니까.

백호는 무안했는지 슬쩍 주기진의 시선을 피하며 딴청을 부렸다.

잠시 둘 사이에 침묵이 흘렀고, 이내 주기진이 짧게 한숨을 내쉬었다. 백호의 이상한 행동에 잠시 시선을 주긴 했지만, 주기진은 그런 것에 신경 쓸 여력이 없을 정도로 무척이나 복잡한 상태였다.

열 군데가 넘는 곳을 돌았지만 나온 단서는 아무것도 없었다.

율무천의 흔적을 찾기 위해 움직인 별동대이거늘 무엇 하나 얻지 못하고 있다는 것이 큰 부담으로 다가왔다.

이제 남은 곳은 고작 한 곳.

그곳에서조차 아무런 단서도 나오지 않는다면 결국 주기진은 빈손으로 돌아가야만 했다. 만약 그렇게 된다면 맹주파는 흔들릴 수밖에 없었다.

가뜩이나 구심점이 사라진 지금이 내부적으로 가장 위험한 때다.

어떻게든 그 분위기를 추스르기 위해 나왔거늘 오히려 빈손으로 돌아가면, 더욱더 상황이 좋지 않음을 스스로 보여 주는 꼴이 되고야 말 것이다.

'대체 이 일을 어찌해야 할꼬?'

고민하던 주기진이 자신도 모르게 입 밖으로 중얼거렸다.

"지금 가는 곳이 마지막 장소이니 이번에는 반드시 뭔가를 찾아야 할 터인데……."

"마지막?"

주기진에게서 시선을 뗀 채로 혼자 또 뭔가를 생각하며

괴롭다는 듯 머리를 쥐어뜯던 백호가 그 말에 화들짝 놀라며 고개를 치켜들었다.

그런 백호의 반응에 주기진이 왜 그러냐는 듯 바라봤다.

"지금 가는 곳이 마지막이네. 그렇게 돌아가고 싶어 했는데 좋겠군그래."

"돌아간다고? 오늘?"

"물론이지. 마지막으로 가는 장소는 무림맹과 엄청 가까운 거리에 있네. 조사를 마치자마자 곧바로 무림맹으로 돌아갈 예정이야. 지척이니까 금방 도착할 게야."

분명 어제까지는 언제 돌아가나 했던 게 사실이다.

하지만 어제저녁 화산파 무인들과의 대화 이후 머리가 엄청나게 복잡해진 백호는 그렇지 않았다. 오늘 돌아간다는 말에 백호가 절대 안 된다는 듯이 소리쳤다.

"하, 하루만 더 있다 돌아가는 건 어때?"

"갑자기 그건 또 무슨 소리인가?"

"영감도 말했잖아. 이번이 마지막이라며. 마지막이니까 최대한 꼼꼼히 살펴봐야지."

"그렇긴 하지만……."

주기진이 이상하다는 듯 백호를 바라봤다.

왜 이렇게 일정이 길어지냐며 투덜거리던 백호가 아니던가. 그랬던 그가 하루아침에 갑자기 돌변하니 수상할 수밖에 없었다. 그렇지만 주기진으로서도 빈손으로 돌아가는 게 크게 부담스러운 상황이었다.

하루라도 더 조사를 한다는 것이 그리 나쁘지만은 않았다.

주기진이 고개를 끄덕였다.

"그럼 그렇게 하지."

말을 마친 주기진은 잔뜩 긴장했다가 안도의 한숨을 내쉬는 백호를 의아하다는 듯이 쳐다봤다.

어제부터 이해할 수 없는 행동을 해 대는 백호의 속내를 도저히 알 수가 없었다. 뭔가 고민하는 게 있는 기색인데 그게 뭔지 모르겠다.

주기진은 이내 어제 연락을 취했던 것이 생각났는지 창밖을 바라봤다.

'흐음, 그나저나 오늘 돌아간다고 연락을 해 뒀는데…… 이거 다시 소식을 전해야겠군.'

＊　　　＊　　　＊

"어제부터 기분이 좋아 보이십니다?"

"그래요?"

자신도 모르게 콧노래를 부르고 있던 월하린은 아운의 말에 당황한 듯 말을 얼버무렸다. 어제 전우신을 통해 백호가 오늘 저녁 즈음에는 돌아올 거라는 말을 들은 이후부터 그녀의 기분은 점점 좋아졌다.

백호를 보내는 것도 쉽지 않았지만, 떠난 이후로 월하린은 뭔가를 하기 힘들 정도로 하루가 멍했다.

시간은 거북이처럼 느릿느릿 흘렀고, 계속해서 언제 하루가 가나 하늘만 올려다봤다.

하루가 이렇게 길다 느꼈던 적이 언제였던가.

목숨을 걸고 도망치던 그때조차도 지금보다는 시간이 빠르게 흘렀던 느낌이다.

별말은 하지 않았지만 아운은 왜 이렇게 월하린이 신이 난지 알고 있었다.

아운이 말했다.

"백호님이 오시는 게 그렇게 좋아요?"

속마음을 들켰지만 월하린은 그냥 배시시 웃어만 보였다.

어쩌랴.

숨기고 싶어도 계속 웃음이 새어 나오는 것을.

하지만 그런 월하린의 미소는 그리 길지 못했다. 그건 전우신이 가지고 온 소식 때문이었다. 연락을 받고 나갔던 전우신이 안으로 걸어 들어왔다.

전우신이 들어서자 월하린이 황급히 물었다.

"어디쯤이래요? 거의 다 왔데요?"

"아뇨. 일정이 좀 길어져서 오늘은 복귀가 불가능하다고 연락이 왔습니다."

"못 돌아온다고요?"

환하게 웃으며 묻던 월하린의 얼굴이 순식간에 축 처졌다. 당장이라도 백호를 볼 줄 알았는데 갑자기 오늘 돌아오지 않는다는 말을 들으니 실망이 밀려왔다.

어제부터 백호가 돌아오는 순간을 얼마나 기대했던가.

하지만 월하린은 실망보다는 혹여나 백호에게 무슨 일이 있는 게 아닌가 하는 걱정이 더 컸다.

그녀가 물었다.

"갑자기 왜 일정이 길어졌데요? 혹시 다른 곳도 다녀오는 건가요?"

"그건 아닌 것 같습니다. 원래 목적지인 우암사에서 계속 있을 거라 합니다."

"우암사에 계속 있는다고요?"

"예. 그렇게 보고 받았습니다."

"우암사라면…… 가깝지 않나요?"

월하린의 질문에 전우신은 고개를 끄덕였다.

이곳에서 우암사는 엎어지면 코 닿을 거리라 해도 될 정도로 인근에 위치한 곳이다.

경공을 펼치면 일각 정도밖에 걸리지 않는 거리니 엄청

나게 가까운 편이라 할 수 있었다.

백호의 위치를 확인하는 순간 월하린은 잠시 심한 고민에 빠졌다. 이 정도로 가까운 거리라면 가서 잠시 얼굴을 보고 오고 싶은 욕망이 생겨서다.

거리도 가깝고, 가는 방향은 무림맹의 완벽한 세력권이다.

위험한 일이 벌어질 거라는 생각은 들지 않았다.

평소라면 이런 일을 벌일 리가 없는 월하린이다. 하지만 지금의 그녀는 조금 달랐다. 떠난 그날부터 계속해서 보고 싶었던 백호가 고작 일각밖에 안 되는 곳에 있다는 말에 월하린은 용기를 냈다.

"가 볼까요?"

"우암사를요? 백호님이 무림맹 안에 있으라고 신신당부를 하셨는데 화내지 않으실까요?"

"엄청 가깝잖아요. 그 정도면 어제 잠시 당과 사러 다녀온 거랑 크게 다를 것도 없는 거 같은데."

"그렇긴 하지만……."

아운이 머리를 긁적였다.

위험하다기보다는 백호가 화를 낼까 봐 쉽사리 결단을 내리기 어려웠다. 그러자 월하린이 걱정 말라는 듯이 품에 넣어 두었던 당과 주머니를 꺼내어 들었다.

"이거 가져가면 화 절대 안 낼 걸요."

회심의 패를 꺼낸 그녀가 웃으며 청하자 전우신과 아운은 서로의 얼굴을 바라봤다. 너무나 간절하게 부탁하는 월하린에게 결국 두 사람은 고개를 끄덕여야만 했다.

그 둘이 승낙하자 월하린이 황급히 문으로 다가가며 말했다.

"빨리 가요."

다시금 들뜬 듯 행동하는 월하린을 보며 전우신과 아운 또한 그녀를 따라 움직여야만 했다.

백호를 만나기 위해 우암사로 가기로 정한 그들은 곧바로 무림맹의 입구를 통해 바깥으로 걸어 나갔다. 인근의 지리에 익숙한 전우신이 선두에 선 채로 이들을 안내했다.

전우신의 말대로 무림맹을 벗어난 지 일각가량이 지났을 무렵이다.

무림맹이 있는 마을인 무한을 벗어나기 무섭게 우암사가 모습을 드러냈다. 우암사가 눈에 들어오자 월하린의 걸음이 빨라졌다.

우암사의 입구에는 마차 한 대가 자리하고 있었다.

그 마차는 바로 백호가 타고 이동하던 바로 그것이었다. 마차에 앉아 있던 주기진이 다가오는 이들을 먼저 발견하고는 다가왔다.

"아니, 여기는 웬일들인가?"

"우암사에 계시다는 말을 듣고 잠깐 찾아뵈었어요. 그런데 백호는……."

월하린은 주기진의 뒤편에 있는 이들을 바라보다 이곳에 백호가 없음을 알아차렸다. 백호를 찾는 그녀의 모습에 주기진이 담담하게 말했다.

"아, 잠깐 뭣 좀 확인하겠다고 절 뒤편에 있는 강가로 가더군."

"이 바로 뒤쪽이요?"

"그렇다네."

"저…… 조사하시는 데 방해가 되지 않는다면 잠시 다녀와도 될까요?"

"그렇게 하게."

별 상관없다는 듯 주기진이 고개를 끄덕였다.

전우신과 아운이 그런 그녀를 쫓으려 했지만 월하린이 괜찮다는 듯 고개를 저어 보였다. 그녀가 웃으며 말했다.

"바로 뒤인데요 뭘. 빠르게 다녀올게요."

어차피 절 자체도 크지 않고, 바로 뒤편에서 무슨 일이 벌어진다면 백호나 주기진 같은 고수들이 모를 리가 없다. 아니 애초에 지금 이곳 우암사에 수상한 자들이 있었다면 이미 발각되고도 남았을 게다.

이들이 도착하고 벌써 한 시진 가까이가 지났는데 잠입

한 자들을 찾아내지 못했을 리가 없었다.

말을 마친 월하린은 빠른 걸음으로 우암사의 뒤편으로 움직였다.

백호가 갔다는 길을 따라 움직이다 보니 이내 강이 모습을 드러냈다.

곧 만날 수 있을 거라 생각하며 월하린은 길을 따라 걸었다. 하지만 잠시 걷던 그녀가 이내 발을 멈췄다. 이 정도라면 만나고도 남았어야 했는데 아직까지도 백호의 모습이 보이지 않는다.

"흐음, 이쯤이면 만날 줄 알았는데."

아무래도 살짝 엇갈린 모양이다.

*　　*　　*

어두운 밤길을 백호는 혼자 걷고 있었다.

참으로 생각이 많은 밤이다.

"하아."

긴 한숨이 말해 주는 것처럼 백호는 머리가 복잡했다. 자신이 월하린에게 느꼈던 감정을 다른 이들은 일반적으로 사랑이라 말한다고 한다.

하지만 그게 말이나 되는가?

'인간을 사랑해? 다른 놈도 아닌 내가?'

인간이고 말고의 문제가 아니다.

사랑이라는 것 자체를 해 본 적이 없는 백호다. 그랬기에 그는 지금 자신이 느끼는 감정을 더욱 이해할 수도, 또 인정할 수도 없었다.

백호는 고개를 마구 저었다.

"분명 착각이야. 그럴 리가 없잖아. 현무나 어제 그 인간 놈이나 뭣도 모르는 거지. 무슨 이런 게 사랑이라고."

말을 마친 백호는 양손을 쭉 펴며 길게 기지개를 켰다. 그러고는 애써 밝은 표정을 지어 보이고 스스로에게 말했다.

"좋아. 결론 끝! 그냥 그놈들이 엉터리인 거야."

스스로에게 맞는 결론을 내렸다 생각하며 이런 생각을 지워보려 했지만 이상하게 개운치가 않았다.

하지만 백호는 어떻게든 그렇게 생각하려고 애썼다.

만약 자신의 마음을 확실하게 알지 못하면 월하린을 보는 게 어색할 것 같아서다.

비록 어색해서 무림맹에 돌아가는 걸 하루 늦추긴 했지만 백호는 월하린이 보고 싶었다. 그런 그녀를 보기 위해서는 한시라도 더 빨리 이 이상한 마음에 대한 정리를 내려야 했다.

그랬기에 백호는 되지도 않는 말로 스스로에게 주문을

걸며 억지 결론을 내린 것이다.

그는 이 낯선 감정이 사랑이 아닐 거라고 계속 그렇게 생각했다.

백호가 강 옆으로 난 길을 타고 일행들이 있는 우암사 입구에 도달했을 때다. 백호의 눈에 주기진과 대화를 나누고 있는 두 사람의 모습이 들어왔다.

"너희 왜 여기 있냐?"

백호의 등장에 주기진과 마주하고 있던 전우신과 아운이 고개를 돌렸다. 전우신이 백호 혼자 다가오자 이상하다는 듯 물었다.

"궁주님 못 만나셨습니까?"

"월하린도 왔어?"

"예, 궁주님께서 백호님이 가까이 있는 걸 아시고 가자고 해서 온 겁니다. 분명 방금 백호님이 오신 쪽으로 가셨는데……."

"뭐? 이쪽 길로 갔다고? 난 못 봤는데?"

백호가 놀란 얼굴로 되물었다.

혹시나 무슨 일이 있는 게 아닌가 하는 걱정이 일순 밀려들었다. 그런 백호의 생각을 알아차려서일까? 주기진이 걱정 말라는 듯이 평온한 어투로 말했다.

"다른 길이 하나 있는데 그쪽으로 간 모양이군."

분명 무슨 일이 벌어졌다면 백호가 놓쳤을 리가 없다. 그의 뛰어난 귀였다면 인근에서 벌어지는 소란 따위는 모두 알아냈을 테니까.

별일이 없을 거라 생각은 들었지만 백호는 화를 쏟아냈다.

"야! 이렇게 혼자 다니게 놔두면 어떻게 해!"

"죄송합니다. 바로 뒤편에 계시다기에 곧 만나실 줄 알고……."

"됐어. 이야기는 나중에 하자."

백호는 사과하는 전우신의 말을 끝까지 듣지도 않고 몸을 돌렸다.

그는 곧바로 자신이 모습을 드러낸 뒤쪽을 향해 달려 나갔다.

백호가 우암사의 뒤편으로 돌아들어 가며 크게 소리쳤다.

"월하린! 어디 있어!"

백호가 버럭 소리를 지르며 주변을 두리번거렸다.

화가 났다.

내일이면 만날 수 있는 걸 왜 참지 못하고 나왔단 말인가. 어디 그뿐이랴. 이곳에 온 걸로 모자라 또 혼자 자신을 찾으러 움직였다니.

아무런 일도 없을 거라는 걸 알면서도 백호는 안절부절

못하며, 한 번 왔던 길을 빠르게 거슬러 가며 그녀의 이름을 외쳤다.

백호는 조급했다.

분명 이 근처에서 월하린의 향기가 나는데 어디 있는지 보이지가 않는다.

만약 월하린에게 무슨 일이 벌어진다면, 고민 때문에 오늘 무림맹으로 돌아가지 않은 자신을 용서할 수 없을 것만 같았다.

"어디 있냐고! 월하린! 진짜 찾으면 가만……."

소리를 질러 대던 백호의 목소리가 천천히 작아졌다.

백호와 건너편 쪽에서 익숙한 여인의 모습이 눈에 들어온다.

월하린, 그녀가 있다.

"백호!"

백호를 발견한 월하린이 반갑게 손을 마구 휘저었다. 둘은 그렇게 폭이 오 장 정도 되는 강물을 사이에 둔 채로 마주했다.

월하린을 보는 순간 화를 쏟아 내던 백호는 입을 닫고야 말았다. 강을 사이에 두고 자신을 바라보는 그녀를 백호가 말없이 응시했다.

달빛 아래에서 웃고 있는 그녀를 보고 있노라니 심장이

요동쳤다.

무사하다는 안도감이, 그리고 그녀를 다시 본 것에 대한 기쁨이 백호의 감정을 날뛰게 만들었다. 백호가 힘겹게 입을 열었다.

"내가…… 나오지 말라고 했잖아. 왜 이렇게 말을 안 들어?"

"미안해요. 가까이 있다는 걸 아니까 도저히 가만있지 못하겠더라고요."

백호가 고개를 푹 수그리자 월하린이 미안했는지 작아진 목소리로 말했다.

"화 많이 났어요? 미안해요. 그냥 보고 싶어서 나왔는데…… 이렇게 걱정시킬 줄 알았으면……."

"데리러 갈게. 기다려."

월하린의 말을 끊은 백호가 생각지도 못한 일을 저질렀다.

백호는 추운 날씨 탓에 얼음물이 되어 버린 강으로 걸어 들어갔다. 그 모습에 월하린은 화들짝 놀랐다. 그도 그럴 것이 강물의 폭이 다소 길긴 했지만 이 정도라면 백호에겐 그저 한 걸음에 넘을 수 있는 정도에 불과했다.

그럼에도 불구하고 백호는 찬 강물에 몸을 담갔다.

월하린은 그런 백호를 이해하지 못했지만, 당사자인 그는 달랐다.

차가운 강물 때문에 입에서 절로 입김이 쏟아져 나온다.

백호는 천천히 강물을 가로지르며 월하린에게로 다가갔다. 강물은 가슴보다 조금 더 높이까지 올라왔고, 백호는 그곳을 걸어 그녀에게로 향했다.

이런 추운 날씨의 강물은 정말 뼈 마디마디까지 고통스러울 정도로 지독했다. 물이 지독할 정도로 차가웠지만 백호는 오히려 머리끝까지 찬물 속으로 푸욱 담갔다가 솟구쳤다.

정신을 차리려 했다.

이 차가운 물에 확 뛰어들어 가면 정신도 확 돌아오고 뜨겁게 타오르는 이 가슴도 멀쩡해지지 않을까 생각했다.

월하린, 그녀에게 가는 그 시간 동안 이 찬 얼음물이 자신의 마음과 머리를 깨끗하게 정리해 줄 거라 믿었다. 이 물에서 나가는 그 순간 모든 것은 끝나 있을 것이다.

며칠 동안 했던 그 많은 고민들이 아무것도 아니었음을, 그리고 자신이 바보 같은 생각들을 했다는 걸 알게 될 거라 그렇게 믿었다.

'그저 착각이야. 사랑은 무슨. 그런 걸 믿어 본 적도 없잖아?'

백호는 스스로에게 되뇌었다.

그렇게 계속해서 자신의 마음이 사랑이 아니라 생각하며

그렇게 강물에서 한 걸음, 한 걸음 나아갔다. 그리고 이내 백호의 몸이 천천히 강물 위로 올라서고 있었다.

백호는 머리부터 발끝까지 흠뻑 젖은 채로 그녀의 앞에 섰다.

찬 얼음물 속에서 기어 나온 백호를 향해 월하린이 놀란 듯 다가왔다.

"백호! 이게 무슨 짓이에요. 아무리 그래도 그렇지 한겨울에 이런······."

월하린은 차가운 백호의 얼굴을 손으로 어루만졌다.

백호의 얼굴이 얼음장처럼 차다. 그랬기에 그녀는 황급히 백호의 몸을 녹여 줄 뭔가를 찾기 위해 주변을 두리번거렸다.

뒤로 움직이려는 그녀의 손목을 백호가 움켜잡았다.

갑작스러운 백호의 행동에 월하린이 놀라 고개를 돌렸을 때다. 그녀의 두 눈동자를 마주하는 순간 백호는 확실하게 알아 버렸다.

찬물로 전신을 적셔도, 머리를 냉정하게 되돌려도 마음이······ 변하지 않았다.

놀란 표정을 짓고 있는 그녀를 바라보던 백호가 천천히 입을 열었다.

"예전에 한 약속 기억해?"

"야, 약속이요?"

"손가락 걸고 한 약속 있잖아. 무슨 소원이라도 들어주겠다고 한 약속."

손가락 걸고 한 약속이라는 말에 월하린은 그때를 기억해 냈다. 하북팽가를 감시해 주는 백호에게 고마워 뭐든 소원 하나 들어주겠다고 호언장담을 했었다.

월하린이 기억난다는 듯 고개를 끄덕였다.

"물론 기억나죠."

"그럼 그 약속 지금 지켜."

"지금요? 무슨 소원인데요?"

"다섯을 셀 거야. 그러니 그동안 가만히 있어. 그게 내 소원이야."

"에이, 그게 무슨 소원이라고……."

월하린이 말도 안 된다는 듯 웃어 보일 때였다. 웃던 그녀는 말을 채 끝맺지 못했다. 백호의 한 손이 그녀의 뒷목을 잡았다.

그런 백호의 행동에 월하린이 채 놀라기도 전이었다. 어떻게 할 틈도 없이 백호의 얼굴이 다가왔다.

월하린의 눈이 터질 것처럼 크게 떠졌고, 그녀의 입술에 차가우면서도 너무나 따뜻한 백호의 입술이 맞닿았다.

월하린은 심장이 터질 것만 같았다.

두근두근.

심장 소리가 얼마나 크게 들리는지 흡사 귀 바로 옆에 있는 게 아닐까 하는 착각이 들 정도였다.

하나, 둘, 셋, 넷, 다섯……

너무 놀라 크게 눈을 치켜뜨고 있던 월하린이 천천히 눈을 감았다. 다섯을 세고도 남았을 시간이 몇십 번이고 지났음에도 백호도, 월하린도 서로에게 맞닿은 입술을 떼지 않았다.

숨이 막혀 올 때까지 입맞춤을 하고 있던 백호가 그녀의 얼굴에서 서서히 멀어졌다.

백호가 넋을 잃고 서 있는 월하린을 향해 말했다.

"좋아해."

더는 자신의 감정을 모른 척할 수도, 아니라고 부정할 수도 없었다. 이젠 너무나 확실하게 알아 버렸으니까.

백호가 재차 말했다.

"네가 너무 좋다. 월하린."

〈다음 권에 계속〉